Gisela Welzenbach

Die Prinzessin vom Lehel

Erinnerungen einer Münchnerin

L.A.M.

Gisela Welzenbach

geboren im April 1957 in München, wuchs im wohl münchne-
rischten Stadtteil Münchens, dem Lehel, auf. In bescheidenen
Verhältnissen lebend träumt die kleine Gisela davon, einmal
eine Prinzessin zu werden. Und tatsächlich wird ihr Traum
Wirklichkeit. Sie wird Faschingsprinzessin.

Die Prinzessin vom Lehel

Erinnerungen einer Münchnerin

von

Gisela Welzenbach

bearbeitet und herausgegeben von
L. Alexander Metz

Herstellung und Verlag:
BoD – Books on Demand, Norderstedt

Umschlaggestaltung und Fotobearbeitung:
L. Alexander Metz

Herausgeber:
L.A.M.
Hildegardstraße 6
80539 München

ISBN: 978-3-7568-4430-2

Inhalt

Die Erinnerung ist das einzige Paradies,
aus dem wir nicht vertrieben werden können.

Jean Paul, Deutscher Schriftsteller (1763 – 1825)

Es war einmal in München

Vorwort

Meine Geschichten und Erinnerungen an die Münchner Stadt, in der ich in den 1960er und 1970er Jahren aufgewachsen bin, sind sowohl Geschichten meiner Kindheit und Jugend als auch Geschichten der Menschen um mich herum. Ebenso möchte ich über Veränderungen und Entwicklungen erzählen, die ich seit den 1960er Jahren in der Stadt und auch in meinem Umkreis wahrnehmen durfte.

Meine Erinnerungen beziehen sich nicht nur auf München, sondern spielen auch noch an anderen Orten in Bayern.

Ich bin sehr froh darüber, dass ich meine Kindheit und Jugendzeit im Münchner Stadtteil Lehel verbringen durfte.

Es war noch ein bisschen ein anderes Lehel als das heutige. Die Mieten lagen noch in einem normalen Rahmen, so dass einem ein wenig mehr im Geldbeutel blieb als nur das Nötigste zum Leben, obwohl man damals durchaus weniger verdiente als heute. Aber es reichte immerhin, auch ab und zu mal in eine der vielen einfachen, aber gemütlichen bayerischen Wirtschaften zu gehen, ohne den Pfennig zweimal umdrehen zu müssen. Manchmal blieb auch für ein wenig Kultur noch etwas übrig. Na ja, ein paar reiche Leut hat's da schon auch gegeben in unserem Lehel.

Meine meist schönen Erinnerungen an eine gemütlichere, charmantere, liebenswerte und nicht gar so schnelllebige Zeit blieben. Und ich gebe diese gerne an meine Tochter Diana weiter und an alle, die diese Zeilen vielleicht lesen werden.

Meine Familie

Am 23. April 1957 erblickte ich als Münchner Kindl das Licht der Welt.

Es war dies der Tag des Bieres, denn ein paar Jahrhunderte vorher, anno 1516 genau, erließ das Herzogtum Bayern per Landesverordnung das Reinheitsgebot. Also wurde ich, passend für ein echtes Münchner Kindl, genau am „Tag des Bieres" geboren.

Und es war auch der Tag des Buches. Ein paar Jahrhunderte zuvor wurden nach einer katalanischen Tradition am Namenstag des Volksheiligen St. Georg Rosen und Bücher verschenkt. Die UNESCO setzte angetan von dieser netten Geste diese Tradition seit 1995 mit einem weltweit anerkannten Aktionstag für das Lesen, die Bücher und auch für die Rechte ihrer Autoren fort.

Ich wurde in eine Zeit des beginnenden Wirtschaftswunders der noch jungen Bundesrepublik Deutschland, neun Jahre nach der Währungsreform von 1948, hineingeboren.

Im Jahr 1957 wurde auch die Europäische Wirtschaftsgemeinschaft (EWG) bestehend aus den Ländern Deutschland, Frankreich, Italien und den Beneluxstaaten gegründet.

Das Wirtschaftswunder selbst kam allerdings bei meinen Eltern zunächst nur spärlich an. Meine Mutter war Straßenbahnschaffnerin und mein Vater arbeitete bei der Bereitschaftspolizei.

Um heiraten und einen auch nur einigermaßen annehmbaren Hausstand gründen zu können, reichte das Geld hinten und vorne nicht. Mein Papa musste Schulden machen. Er bekam einen Kredit von 300,-- Mark, ein Mehrfaches seines Monatslohns.

Papa verdiente damals als junger Polizist herzlich wenig. Wie er mir später einmal sagte, waren es so um die 50,-- DM monatlich. Meine Mama brachte als Schaffnerin etwas mehr nach Hause.

Beide waren gezwungen zu arbeiten, allein schon, um ihren Lebensunterhalt bestreiten zu können. Zudem mussten sie Schicht arbeiten. Somit hatten sie unterschiedliche Arbeitszeiten und nur wenig gemeinsame freie Zeit.

Eine Wohnung konnten sie sich keinesfalls leisten, geschweige denn die dazugehörige Einrichtung. Sie wohnten zunächst zur Untermiete und teilten sich ein Zimmer in einer alten Villa in Milbertshofen. Allein das war schon mit Schwierigkeiten verbunden, da man wegen des damals bestehenden Kuppelparagrafen unverheiratete Paare unterschiedlichen Geschlechts nicht einmal übernachten lassen durfte. Vorher war meine Mutter noch bei ihrer ältesten, bereits verheirateten Schwester, der Tante Friedl, untergebracht. Als Nachtlager hatte damals Tantes Wohnküche gedient.

Noch bevor Mama und Papa heiraten konnten, kam ich mehr oder weniger unverhofft dahergepurzelt, wie es halt zu dieser Zeit nicht selten der Fall war. Den Umständen und Verhältnissen geschuldet blieb ihnen nichts anderes übrig als mich nach meiner Geburt erst einmal in einem Münchner Kinderheim unterzubringen. Dieses Heim wurde von Ordensschwestern geführt. Die Kleinen wurden rührend umsorgt.

Wie man mir später erzählte, gab es in diesem Hort für die Kinderbetreuung eine Ordensschwester, Schwester Alma mit Namen, die sich meiner ganz besonders angenommen hatte, weil sie mich so gerne mochte.

Kaum drei Wochen alt wurde ich so sterbenskrank, dass man mich schon aufgeben wollte. Ich lag sogar schon im sogenannten Totenkammerl, also in einem separaten Raum zum Sterben. Natürlich wurde ich weiterhin versorgt, ganz besonders von der guten Schwester Alma, die mich wie ihre eigene Tochter liebte. Meine Eltern hatten zwar erfahren, dass ich krank war, aber man hat sie im Unklaren darüber gelassen, wie schlecht es tatsächlich um mich stand. Keiner wusste so genau, was mir eigentlich fehlte. Selbst der Kinderarzt war ratlos. Alle aber hofften, trotz der aussichtslosen Lage, dass ich wieder gesund werden würde. Was man damals noch nicht erkannte, war, dass meine Eltern eine Blutunverträglichkeit aufwiesen, die für ein Kind lebensgefährliche Auswirkungen haben kann.

Schwester Alma, die so sehr an mir hing, ging in jeder freien Minute in die Hauskapelle, um für mich zur Heiligen Muttergottes zu beten, damit ich wieder gesund werde. Ihre Gebete wurden schließlich erhört. Ich wurde wieder gesund. Ein Wunder war geschehen.

Da meine Mutter bedingt durch ihren Schichtdienst bei der Straßenbahn nur an wenigen Sonntagen im Jahr frei hatte, konnte sie mich nicht oft und schon gar nicht regelmäßig besuchen. Ähnlich erging es meinem Vater durch seinen Beruf als Polizist. Dazu kam, dass Besuche im Heim nur an Sonntagen zugelassen waren. Zum Glück sprang die älteste Schwester meiner Mutter, die Tante Friedl ein. Sie fuhr zusammen mit meinem Cousin Werner, der damals noch ein Schulbub war, des Öfteren zu mir ins Heim, um mich zu besuchen. Davon war Wernerchen, mein Cousin, allerdings nicht so begeistert, weil sich meine Tante bei diesen Besuchen dann mehr um mich kümmerte als um ihn, wie sie mir später einmal lachend erzählte.

Mit neun Monaten kam ich zu meinen Großeltern mütterlicherseits in den Bayerischen Wald.

Erst 1961, als ich schon fast vier Jahre alt war, konnten meine Eltern eine Dreizimmerwohnung im Lehel in der Lerchenfeldstraße nahe am Englischen Garten beziehen und mich somit endlich zu sich holen. Mein Opa war bereits verstorben und, da meine Oma nun so ganz allein gewesen wäre im Bayerischen Wald, zog sie zusammen mit mir nach München.

Und das war gut so, denn meine Eltern mussten ja weiterhin arbeiten. So hatte ich, wie bisher, meine gute alte Oma immer bei mir, die auf mich aufpassen konnte. Sie teilte mit mir das dritte Zimmer, wo sie sich mit ihren alten Schlafzimmermöbeln, die sie aus dem Bayerischen Wald mitgebracht hatte, einrichtete. Ich schlief bei ihr, wie bisher auch, in dem alten Doppelbett. So fiel es mir leicht, bei meinen Eltern und im Lehel heimisch zu werden.

Ich blieb aber kein Einzelkind. Als meine Schwester Sigrid im Dezember 1965 geboren wurde, sollte das dritte Zimmer zu einem Kinderzimmer umfunktioniert werden. Meine Oma war nicht mehr die Jüngste und, zwei Kinder, also ein Schulkind und ein kleines Baby, zu beaufsichtigen, wurde ihr einfach zu viel. Hinzu kam, dass der Platz für zwei Kinder in einem Zimmer, das mit Omas wuchtigen Möbeln ohnehin schon voll besetzt war, nicht mehr ausreichte. Oma zog aus. Sie fand ein neues Zuhause im Bereich eines großen Gärtnereigeländes in der Schleißheimer Straße, wo auch ihr Sohn, mein Onkel Walter, mit seiner Frau Anni wohnte. Die Oma war froh, dass sie in deren Nähe sein konnte.

Leider wurde auch Sigrid, so wie einst ich, durch die Blutunverträglichkeit unserer Eltern schwer krank. Zum Glück war die Medizin bereits so weit fortgeschritten, dass man das erkannte und man bei meiner Schwester gleich nach ihrer Geburt einen Blutaustausch vornahm. Sigrid war immerhin dennoch sechs Wochen lang in der Klinik, erholte sich aber zum Glück.

Da die Oma nicht mehr bei uns wohnte, ich bereits zur Schule ging und meine Mutter, so gern sie daheim bei ihrem Baby geblieben wäre, weiterhin die ganze Woche über im Schichtbetrieb als Schaffnerin arbeiten musste, um die Familie finanziell über die Runden zu bringen, kam auch meine Schwester zeitlich begrenzt in dasselbe Kinderheim, in dem auch ich nach meiner Geburt untergebracht war. So bewohnte ich das Kinderzimmer zunächst einmal ganz allein.

Auch damals mussten wie heutzutage viele Eheleute zu zweit arbeiten, weil das Geld sonst zum Leben nicht gereicht hätte. Kindergeld gab es erst ab dem zweiten Kind. Fünfundzwanzig Mark, mehr nicht. Erst ab 1975 wurde das Kindergeld auch für das erste Kind bezahlt. Da war ich aber bereits volljährig und arbeitete schon bei der Stadtverwaltung München. Mein Vater verdiente, als ich noch Kind war, einfach zu wenig, um den Lebensunterhalt für eine Familie mit zwei Kindern allein stemmen zu können.

Nachdem meine kleine Schwester etwa ein Jahr im Heim verbracht hatte, boten mein Onkel Walter, der Bruder meiner Mama, und seine Frau, die Tante Anni, an, Sigrid unter der Woche bei sich aufzunehmen. Dies war möglich, weil die Tante Anni wegen ihres kleinen Sohnes Jürgen – er war ein Jahr jünger als unsere Sigrid – zuhause bleiben und Heimarbeit machen konnte. Am Wochenende war meine Schwester regelmäßig bei uns daheim. Das Ganze ging so etwa eineinhalb Jahre.

Die Familie meines Onkels wohnte wie Oma auf dem Gelände einer Gärtnerei. Für die Kinder war das ein kleines Paradies. Am Ende des Gärtnereigeländes befand sich der Zugang zu einem Park, in dem Tante Anni mit den Kindern oft anzutreffen war.

Während der Woche ging ich mit dem an einer Schnur aufgefädelten Hausschlüssel um den Hals in die Schule und von der Schule wieder direkt nach Hause. Dort war ich meist allein. Ich zählte also zu den Schlüsselkindern, wie man uns damals etwas distanziert bis bemitleidend zu nennen pflegte. Wenn ich meine Hausaufgaben erledigt hatte, spielte ich draußen auf der Straße mit meinen Freundinnen, bei schlechtem Wetter blieb ich daheim. Wenn es ihr Dienst erlaubte, war Mama auch bei mir zuhause. Als meine Schwester zweieinhalb Jahre alt war, kam sie wieder ganz zu uns und in den Kindergarten.

Und wieder einmal kam der Storch zu Besuch. Auch ich glaubte noch als Schulmädchen, der Klapperstorch brächte die Kinder zur Welt, wenn man ihm nur genug Zucker aufs Fensterbrett legte. Allerdings war ich mir keiner Schuld bewusst, als sich 1968 unsere Familie noch einmal vergrößerte. Ich hatte nie auch nur ein Stückchen Zucker rausgelegt. Im Februar erblickte mein Bruder Andreas das Licht der Welt. Im Gegensatz zu uns Schwestern war er von Anfang an vollkommen gesund. Natürlich fiel mir, der Ältesten, die Aufgabe zu, auf meine jüngeren Geschwister aufzupassen. Das war mir nicht immer willkommen, da dadurch meine freie Zeit eingeschränkt war und ich nicht mit den anderen Kindern unten spielen konnte.

Einmal im Jahr kam meine Oma väterlicherseits aus Wunsiedel für eine Weile zu uns auf Besuch und kümmerte sich um uns Kinder. Ihr Aufenthalt konnte gar nicht lange genug für mich dauern, bescherte er mir doch mehr freie Zeit, in der ich nicht auf meine Geschwister aufpassen musste und ich mich mit meinen Freundinnen treffen konnte.

Nach der Geburt meines Bruders beendete meine Mutter ihre Tätigkeit als Schaffnerin. Sie arbeitete fortan halbtags bei der Hauptpost. Ihre Arbeitszeit legte sie auf den Nachmittag bis in die Abendstunden hinein. Somit konnte sie wenigstens bis über Mittag zuhause bleiben, bis ich von der Schule kam. Ein Glück für die ganze Familie!

Klein Gisela im Kinderheim 1957

Spiel und Spaß

Am liebsten spielte ich mit meiner Barbiepuppe. Ich hatte sie zu meinem neunten Geburtstag geschenkt bekommen. Wie sehr habe ich mich darüber gefreut und wie stolz war ich, nun endlich auch so eine schlanke, modisch gekleidete Puppe zu besitzen! Meine Freundinnen zollten mir echte Bewunderung. Barbiepuppen waren damals nämlich der Schlager auf dem Spielzeugmarkt. Und sowas Schickes, Gestyltes und modisch Aufgemotztes konnte natürlich nur direkt aus dem Wunderland Amerika kommen. Meine Puppe war für mich die allerschönste aller Barbies. Sie hatte kurze, dunkelblonde Haare und sah stets aus, als käme sie frisch aus dem Sonnenstudio.

Im Laufe der Zeit bekam meine heißgeliebte Barbie auch neue Kleider und Accessoires dazu. Weihnachten, Geburtstage und auch Namenstage waren vortreffliche Anlässe für solch traumhaft schöne Gaben.

Meine beste Freundin, die Katrin, durfte keine Barbiepuppe haben, weil ihre Mutter strikt gegen das neumodische Zeug aus Amerika war. Sie hatte dafür aber eine etwas größere, nach meinem Geschmack durchaus ansehnliche, wenn auch nicht so barbieschlanke Puppe mit langen roten Haaren. Katrins Mutter nähte und strickte mit Liebe fantasievolle Kleider für sie. Und das nicht nur zur Weihnachtszeit. Ich spielte gerne mit Kathrins Puppe und Katrin mit meiner Barbie. Stundenlang beschäftigten wir uns als Tauschmütter mit unseren Puppenkindern.

Ich hatte auch eine Puppenküche mit zwei gleichgroßen Räumen. Diese waren gefüllt mit Möbeln aus Holz, nicht aus Plastik. Im Zentrum der Puppenküche behauptete sich ein weiß emaillierter Herd mit Kochplatte, der wie die Verkleinerung eines echten Küchenofens aus alten Zeiten aussah. Auch die passenden Kochtöpfe, Tassen und Teller und sonstiges Geschirr meiner Puppenbehausung glichen dem Inventar der Welt der Großen.

Waren wir Kinder unter uns, so spielten wir miteinander, was uns unsere Fantasie so alles eingab. Und der waren keine Grenzen gesetzt, da es noch keine Computer, Playstations oder sonstigen elektronischen Kram gab. Es blieb uns auch noch viel Zeit zum Lesen.

Ich war von frühester Kindheit an eine richtige Leseratte, umgeben von unzähligen Büchern. Die Märchenbücher der Gebrüder Grimm, die Märchen aus 1001 Nacht und Erzählungen von Hans Christian Andersen habe ich geradezu verschlungen. Zu meiner Büchersammlung zählten auch die typischen Mädchenbücher wie „Trotzkopf", sämtliche „Pucki"-Bände, zwölf an der Zahl, und auch die Internatsgeschichten von „Dolly" und „Hanni und Nanni". Sie alle führten mich in eine wundersame Welt, in der ich mich selbst als Heldin des Geschehens erlebte.

Am liebsten aber las ich die Märchen, in denen Prinzessinnen vorkamen, die von einem Prinzen wachgeküsst wurden, oder arme Mädchen, die eine gute Fee zu Prinzessinnen werden ließ. Das Aschenputtel war mein großes Vorbild. Oft träumte ich davon, selbst einmal eine Prinzessin zu werden und von einem richtigen Prinzen auf dessen Schloss entführt zu werden. Meiner Fantasie waren da keine Grenzen gesetzt.

Gerne verkleidete ich mich mit irgendwelchen bunten Tüchern oder Decken, die ich mir umwickelte, klapperte mit den Stöckelschuhen meiner Mutter, durchaus mit einer gewissen

Eleganz, durch unsere Wohnung und fand mich dabei todschick!

Bei einigermaßen erträglichem bis schönem Wetter spielten wir Kinder immer draußen im Freien. Punkten konnte ich bei meinen Freundinnen mit einem hellblauen Roller, den ich von meinem älteren Cousin Werner geerbt hatte. Zu meinem Fuhrpark zählten aber auch Rollschuhe, die man vor Benutzung an seine Straßenschuhe anschrauben musste. Auf denen war ich oft mit meinen Freundinnen unterwegs. Diese Rollschuhe sind mit mir mitgewachsen. Man konnte sie bedarfsgerecht an die Schuhgröße anpassen. Aber irgendwann war auch hier die Grenze erreicht und ein weiteres Aufschrauben nicht mehr möglich.

Fortan wuchs mein Wunsch nach einem Fahrrad. Aber leider bekam ich zunächst keines. Das Budget meiner Eltern reichte dafür nicht aus. Ich durfte mir aber hin und wieder von meiner Schulkameradin Angela, deren Familie in der Nähe in einem Haus entlang des Eisbachs wohnte, deren Fahrrad ausleihen. Das fand ich echt nett von ihr. Auch ihre Mutter war damit einverstanden.

Ich war schon dreizehn Jahre alt, als ich mir von meinem eifrig zusammengesparten Taschen- und Geburtstagsgeld endlich selbst ein gebrauchtes Fahrrad kaufen konnte. Welche Lust und Freude war es, nun mit meinen Freundinnen kreuz und quer durch den Englischen Garten fahren zu können!

Mit Angela, deren Schwester und ihrer Mutter fuhren wir hin und wieder zum Schwimmen in das Müllersche Volksbad. Die beiden Mädels bekamen Schwimmunterricht. Ich schaute ihnen dabei aufmerksam zu und brachte mir schließlich so selbst das Schwimmen bei. Ich habe es einfach so lange probiert, bis ich es schließlich konnte.

Ich war echt stolz darauf, dass ich das Radlfahren und das Schwimmen selbständig gelernt hatte. Meine Eltern hatten dazu berufsbedingt keine Zeit. Ja, ab und zu beneidete ich schon meine Mitschüler, deren Mütter bei ihnen zuhause sein konnten. Das war aber nicht bei allen der Fall. Einige von den Kindern waren im Kinderheim untergebracht. Ganz ohne Eltern. Im Vergleich zu ihnen hatte ich es spürbar besser.

Gisela 1962

Kindergeburtstag

Wie sehr liebte ich es doch, von meinen Freundinnen zum Kindergeburtstag eingeladen zu werden! Schon Tage vorher fieberte ich diesem Ereignis entgegen.

Kindergeburtstage waren nämlich immer etwas Aufregendes im schlichten Alltag eines kleinen Mädchens. Man brachte ein kleines Geschenk mit und wurde dafür mit leckeren Kuchen verwöhnt, welche die Mütter der Freundinnen backten, und die ich immer mit großem Appetit und Wonne verzehrte.

Zu einem echten Kindergeburtstag gehörten auch beliebte Spiele wie das Topfschlagen. Einem Kind aus der Runde wurden die Augen verbunden, und auf den Knien rutschend suchte es nach dem umgedrehten Topf, den es mit einem Kochlöffel schlagend zu ertasten galt. Die Mutter des Geburtstagskindes hatte vorher noch eine kleine Süßigkeit darunter versteckt. Die anderen Kinder unterstützten das Bemühen des Suchenden mit „Heiß"- oder „Kalt"-Rufen. Hatte der Sucher den Topf endlich unter dem Beifallsjohlen der anderen Kinder gefunden, durfte er zur Belohnung die Süßigkeit, ein Bonbon oder eine kleine Schokoladentafel, die unter dem Topf lag, als Geschenk an- und mit nach Hause nehmen.

Sehr beliebt bei uns Kindern war das Suchen eines Schokoladenstückchens in einem Teller, der mit Mehl gefüllt war, das eben dieses Schokoladenstückchen verdeckte. Die Mütter zeigten sich da wegen des herumwirbelnden Mehlstaubs weniger begeistert und versuchten, wenn möglich, dieses Spiel zu umgehen.

Mein Favorit bei den Geburtstagspielen war das Schokoladeschneiden. Dazu brauchte man eine Wollmütze, einen Schal,

Handschuhe, Messer und Gabel, einen Würfel und das Wichtigste, eine Tafel Schokolade, original verpackt versteht sich. Diese aber war zusätzlich noch in ein Geschenkpapier eingewickelt und obendrein mit einem Band oder einer Schnur drumherum fest zugebunden. Wer eine „Sechs" gewürfelt hatte, der musste sich ganz schnell die genannten Dinge anziehen und versuchen, die Schokolade aus der Verpackung mit Gabel und Messer rauszuwurschteln, während die anderen Kinder der Reihe nach versuchten, auch eine Sechs zu würfeln. Hatte ein anderer oder eine andere inzwischen eine „Sechs" gewürfelt, mussten ihm alle Asessoirs so schnell wie möglich übergeben werden, damit auch er nun rasch an die Befreiung der Schokolade gehen konnte. Das führte oft zu einem heillosen Durcheinander und Mütze und Handschuhe flogen sonst wohin. Wer Glück hatte, bekam schließlich die ausgepackte Schokolade und durfte sich so lange Stück für Stück runterschneiden und verschnabulieren, bis das nächste Kind eine Sechs gewürfelt hatte. Das alles war für uns Kinder ungemein lustig.

Meine Freundin Katrin

Am liebsten spielte ich zusammen mit meiner besten Freundin Katrin. Ich denke, dass es ihr umgekehrt genauso ging. Wir waren so oft zusammen, wie es die Zeit nur erlaubte, und unsere innige Freundschaft setzten wir in unserer Teenagerzeit fort. Fast täglich haben wir uns getroffen, um unsere Erlebnisse, Geheimnisse und manchmal auch Sorgen auszutauschen. Wir sind bis heute beste Freundinnen geblieben.

Katrin wohnte mit ihrer Familie in der Oettingenstraße, in der Nähe des Tivoli, genau zwischen dem Eisbach und dem Englischen Garten. Ihre Wohnung lag im vierten Stock eines Mehrfamilienhauses. Es standen ihnen zweieinhalb Zimmer und eine kleine Küche zur Verfügung. Das Bad war allerdings größer als unseres. Dafür wiederum war unsere Küche größer als die ihrige. In unserer Küche war Raum für einen Essplatz, Katrins Küche reichte gerade zum Kochen.

Es war insgesamt betrachtet keine große Wohnung für eine Familie mit zwei Kindern. Katrin hatte einen zwei Jahre jüngeren Bruder, den Ernst. Und trotz der eher beengten Wohnverhältnisse hatte ein jeder der beiden ein eigenes Zimmer, auch wenn diese sehr klein ausfielen. Ich beneidete die Katrin ein wenig um ihr eigenes kleines Zimmer; denn ich musste unser Kinderzimmer mit meinen viel jüngeren Geschwistern teilen. Das Wohnzimmer von Katrins Eltern war zugleich Esszimmer. Der Wohnzimmertisch ließ sich – o Wunder – mit einer Kurbel zu einem Esstisch verwandeln, was mich wahnsinnig faszinierte.

Katrins Wohnung hatte aber etwas, worum ich sie wiederum ein wenig sehr beneidete, nämlich einen Balkon mit einem wunderbaren Blick auf den Englischen Garten und einen Tennisplatz. Der Eisbach floss in unmittelbarer Nähe ruhig dahin. Allerdings störte mich das Quietschen der Straßenbahn, die darunter direkt an den Häusern vorbeifuhr. Katrin und ihre Eltern aber waren an dieses Geräusch gewöhnt und hörten es meist schon gar nicht mehr.

Ich bewunderte die hellen und freundlichen Zimmer in Katrins Wohnung, besonders das Wohnzimmer und Katrins Zimmer, vor allem wenn die Sonne schien.

Wir hingegen hatten im Sommer und vor allem im Winter ein eher dunkles Wohnzimmer mit Blick auf einen Hinterhof und auf düstere Häuserreihen. Und der über uns angebrachte Balkon machte das Zimmer auch nicht gerade heller. Einen Vorteil aber hatte unsere Wohnung doch, sie blieb bei heißem Wetter angenehm kühl. Diese Kühle hielt sich vor allem auch im Schlafzimmer, das auf derselben Seite lag. Und sie war ruhig, unsre Wohnung. Tja, so hat alles im Leben seine zwei Seiten.

Unser Heim

Die Wohnungen in unserem Haus in der Lerchenfeldstraße wurden zur Zeit unseres Einzuges nur an Staatsbedienstete vermietet. Auch damals war es wie heute schon schwierig, in München eine günstige Wohnung zu bekommen. Mein Vater, der im öffentlichen Dienst als Polizeibeamter tätig war, hatte sich immer wieder darum bemüht.

Bei unserem Einzug 1961 betrug die Monatsmiete 139,80 DM kalt. Die Verbrauchs- bzw. Nebenkosten kamen natürlich noch hinzu. Mein Vater verdiente als junger Polizist so um die fünfzig Mark pro Monat, vielleicht auch ein bisschen mehr. Ohne den Verdienst meiner Mutter, die zu dieser Zeit als Straßenbahnschaffnerin nur wenig mehr nach Hause brachte, wären die Kosten für Miete und Lebensunterhalt nicht zu tragen gewesen.

Meine Oma, die ja mit mir zusammen aus dem Bayerischen Wald kommend mit in die Wohnung einzog, bekam nur eine kleine Rente, von der sie bereitwillig ihren Beitrag zum Lebensunterhalt unserer Familie leistete.

Unsere Dreizimmerwohnung in der Lerchenfeldstraße lag im Hochparterre. Zu ihr gehörte immerhin eine Wohnküche und auch ein Badezimmer, das den Beinamen Zimmer aber eigentlich nicht verdiente. Nicht wegen der sanitären Anlagen, an denen war nichts auszusetzen, sondern wegen der Enge des Raums. Er war gerade mal so lang wie die eingebaute Badewanne und so schmal, dass man sich kaum umdrehen konnte. Es war mehr so eine Art Nasszelle. Trotzdem war die Wohnung insgesamt für unsere Familie ein echter sozialer Aufstieg.

Bis zu meiner Hochzeit 1977 und auch noch einige Zeit danach, wurde das Bad mit einem Holzkohleofen beheizt. Man musste die Kohlen und das Holz zum Heizen aus dem Keller heraufholen. Das Heizmaterial wurde von einer Holz- und Kohlenhandlung aus der Emil-Riedel-Straße geliefert.

Damit sich das Einheizen auch rentierte, war der Samstag als Badetag für die ganze Familie deklariert. Einer nach dem anderen bestieg die Wanne und genoss das warme Wasser, das von dem zuerst Badenden noch als sehr heiß eingeschätzt wurde. So ging es Samstagabend wohl in den meisten Familien zu. Täglich zu duschen, kannte man nicht.

Das teuerste Bad erlebten wir wohl, als meine herzensgute Mutter einmal aus Versehen einen Geldschein im Badeofen mit verheizte. Es waren dies sauer verdiente zehn Deutsche Mark. Ein echt teures Bad! Wie der Geldschein in den Ofen gekommen war, konnte nicht wirklich geklärt werden. Es blieb ein Familiengeheimnis.

Erst Ende der 1970er Jahre kauften meine Eltern einen großen Elektrowarmwasserboiler für das Bad. Damit fielen Holz und Kohle und das lästige Heraufschleppen derselbigen aus dem Keller weg. Die Holz- und Kohlenhandlung in der Emil-Riedel-Straße verlor damit wieder einmal einen Kunden mehr. Sie war eh längst auf Heizöllieferungen umgestiegen.

Unsere Wohnküche war ein länglicher, wenn auch etwas schmaler Raum, an dessen Ende eine schmale Tür zu einer kleinen Speisekammer führte. Meine Mutter wusste diese prak- tische Einrichtung sehr zu schätzen und zeigte sie stolz jedem Besucher.

In unserer Küche war noch Platz genug für eine gemütliche Essecke. Hier machte ich meine Hausaufgaben und hier zog ich mich zum Lesen meiner geliebten Bücher zurück.

Wichtigstes Utensil der Küche waren ein Gasherd und ein typischer 50er Jahre Küchenschrank. Die Schiebetüren des Küchenkastens waren, der damaligen Moderne geschuldet, in hellgelb und hellblau gehalten. Die Küchenspüle war aus Emaille und darüber behauptete sich ein langhalsiger Wasserhahn.

Dieser durchaus zeitgemäße Wasserhahn wurde respektlos die „Langkrogede", zu Deutsch „die mit dem langen Kragen" genannt. Wenn wir Durst hatten, dann hingen wir mit unserer Goschn, was bayerisch Mund bedeutet, an dem Hahn und tranken das frische Wasser direkt aus der Leitung.

Ein Standardspruch bei uns in der Familie war mit einem deutlichen Fingerzeig auf den Wasserhahn: „Wenn's Durscht habts, do is de Langkrogede." Schließlich hatte München zum Glück aller Durstigen schon damals das beste Trinkwasser in Deutschland zu bieten.

Kästen mit Getränken jeglicher Art waren bei uns im Haushalt nicht zu finden. Dafür reichte das Geld nicht. Das Bier für unseren Papa holten wir gegenüber in der Wirtschaft, solange die noch existierte. In der Regel waren das nicht mehr als zwei Flaschen.

Tagtäglich stand auch immer eine Kanne mit frisch gekochtem Kräutertee auf dem Küchenbuffet für uns Kinder bereit. Sobald die Kanne leer war, wurde wieder frischer Tee gebrüht. Wir Kinder tranken den Tee nicht etwa aus Tassen, sondern sogen ihn direkt aus dem Schnabel der Kanne. Dass alle aus demselben Schnabel tranken, war uns kein Problem. Auf diese Art und Weise, den Durst zu stillen und keine süßen und teuren Getränke kaufen zu müssen, konnten meine Eltern viel Geld sparen.

Es gab in unserer Küche kein fließendes Warmwasser und auch keinen Elektroboiler dafür. Brauchte man warmes oder gar heißes Wasser zum Abspülen oder Kochen, musste es in einem Aluminiumwasserkessel auf dem Gasherd erst heiß gemacht werden.

Unsere Wohnung war trotz ihrer fünfundsiebzig Quadratmeter für fünf Personen doch schon ein bisschen eng. Und einen Balkon, wie Katrin einen hatte, vermissten wir auch. Meine Eltern rätselten oft bei Tisch, warum in unserem Haus in allen anderen Stockwerken Balkone angebracht waren, nur nicht bei uns im Hochparterre. „Wegen der Einbrecher", meinte Mama einmal, was mein Papa mit einer abwinkenden Geste zurückwies.

Andrerseits war dieser Mangel sicherlich der Grund, weshalb wir diese Wohnung überhaupt bekommen hatten. Hochparterre und kein Balkon, das war für so manche feine Leute nicht gerade der Hit. Die Wohnung wurde daher von vielen Bewerbern abgelehnt, obwohl es sogar ein Neubau war. Meine Eltern aber waren heilfroh, endlich für uns alle ein Heim gefunden zu haben.

Die Lage direkt am Englischen Garten und die damals schon gute Verbindung in die Innenstadt mit der Straßenbahn war natürlich genial, gerade für zwei berufstätige Menschen!

Meine Eltern waren damals überglücklich, eine bezahlbare Mietwohnung zu finden, schon allein deshalb, um mich endlich zu sich holen zu können.

Gerne wollten sie ihr Wohnzimmer so gemütlich einrichten, wie es die Kataloge von Quelle und Neckermann zeigten, aber dazu war das nötige Geld nicht vorhanden. Da sie bei dem geringen Verdienst nicht auch noch Erspartes zurücklegen konnten, mussten meine Eltern das Familienleben mit Schulden beginnen.

Und so bestand die erste Sitzgelegenheit im Wohnzimmer doch tatsächlich aus Obstkisten, über die meine Mama Tischdecken legte, um sie schamvoll zu verhüllen. Mit einem Kredit vermochten sie nach und nach die Wohnung mit den wichtigsten Möbeln auszustatten. „Aller Anfang kann schwer sein", meinte die Oma dazu.

Ein eigenes Zimmer zu besitzen, nur für mich ganz allein, die mit großem Abstand älteste der Geschwister, war der Traum meiner schlaflosen Nächte.

Wir teilten uns zu dritt das Kinderzimmer. Meine Geschwister schliefen in einem Stockbett. Ich hatte immerhin eine Ecke für mich allein, belegt mit der damals typischen Bettcouch für Jugendliche. Die Wände, meine Wände, hatte ich ringsum mit Bildern aus der „Bravo"-Zeitschrift beklebt. Die Stars darauf waren nun meinem Alter entsprechend meine neuen Prinzen und Prinzessinnen. Dazu gehörten auch die „T. Rex" in Großbild, meine Lieblingsrockband.

Meine Mutti akzeptierte meine Tapezierarbeiten, wenngleich sie gar nicht so sehr begeistert davon war; denn die langhaarigen und zotteligen Prinzen auf den Fotos fanden eher nicht ihr Gefallen.

Zum Glück gab es noch die Wohnküche. Sie war für mich, den träumenden Teenager, mein erklärter Rückzugsbereich. Wenn ich allein sein wollte, zog ich mich in die Essecke zurück, bewaffnet mit meinem tragbaren Tonbandgerät und meinem Kofferradio, womit ich regelmäßig die Hitparade hörte und die Songs mit dem Mikrophon aufnahm, die mir besonders gut gefielen. Das klappte nur, wenn mich meine lieben Geschwister dabei nicht störten, was oftmals nicht ganz verhindert werden konnte. Dann aber gab es schon mal gehörig Zoff meinerseits, und eine Weile war Ruhe. Nichtsdestotrotz verstanden wir uns Geschwister, auch wenn wir hie und da miteinander stritten, sehr gut und hielten immer zusammen wie Pech und Schwefel. Und dieser Zusammenhalt besteht auch heute noch zwischen uns, genauso wie damals. Wir verstehen uns einfach prächtig.

Gisela und Opa 1958

Opa, Polizist und Musiker

Die Familie meiner Großeltern väterlicherseits zählte insgesamt sechs Kinder, vier Töchter, nämlich Luise, Rosemarie, Gerti, Reni, und zwei Söhne, Josef und Richard. Josef, mein Vater war der Zweitälteste der Geschwister. Der jüngere Bruder Richard verunglückte tödlich mit nur acht Jahren beim Baden. Ein schrecklicher Schicksalsschlag für die Familie!

Geboren wurde mein Vater im März 1933 in München. Er verbrachte seine ersten Jahre zusammen mit seiner knapp ein Jahr älteren Schwester Luise bei seinen Großeltern, also meinen Urgroßeltern, in München-Allach, jenem Stadtteil, der 1938 in die Stadt München eingemeindet wurde.

Meine Urgroßeltern bewohnten damals mit ihrer Familie eine Dienstwohnung in der Allacher Volksschule, in der mein Urgroßvater als Offiziant tätig war. Die Gene hierfür scheint er an mich weitervererbt zu haben, war ich doch selbst in Schulen tätig, immerhin achtzehn Jahre als Schulsekretärin.

Die Mutter meines Vaters, meine Oma Rosa, war noch sehr jung und nicht verheiratet, als das erste Kind und, auch nicht, als das zweite Kind auf die Welt kam. Zu dieser Zeit war das ein unmöglicher, gesellschaftlich nicht tolerierbarer Zustand, gleich zwei ledige Kinder zu haben.

Mein Opa Josef, der Vater ihrer beiden Kinder, durfte als junger Polizist meine Oma, seine geliebte Rosa, erst zur Frau nehmen, als er 28 Jahre alt war. Er musste nachweislich in der Lage sein, eine Familie zu ernähren, und man war offenbar der Ansicht, dass dies selbst bei einem berufstätigen Mann, erst ab diesem Alter möglich sei. Heute sind solche Regelungen nicht mehr nachvollziehbar.

Mein Großvater war ein richtig fescher Mann, groß und stattlich und daher bei den Damen sehr beliebt. Bevor er meine Oma kennen und lieben lernte, hatte er ein inniges Verhältnis mit einer Bauerntochter, die von ihm auch zwei Kinder bekommen hatte.

Mein Vater hatte erst im Erwachsenenalter anhand eines Briefes erfahren, dass er noch zwei ältere Halbschwestern besaß, die er nie kennengelernt hatte. Von wem genau der Brief kam, konnte er nicht feststellen, weil kein Absender auf dem Kuvert stand.

Mein Opa war geradezu ein musikalisches Wunder. Er spielte ohne Noten auswendig jede gewünschte Melodie auf der Ziehharmonika und unterhielt und belustigte seine Zuhörer und Bewunderer genauso gekonnt mit der Gitarre. Mein Opa war kein Kind von Traurigkeit, obwohl die Umstände damals für ihn nicht gerade leicht waren.

Mein Opa Josef erblickte am 23. Juni 1905 als Sohn eines Landwirts in Rudenzhofen in der Oberpfalz das Licht der Welt.

Es waren ihnen drei Brüder, von denen der Älteste traditionell den Hof übernehmen sollte.

Mein Opa aber sollte auf Wunsch seiner Eltern Priester werden. Das wiederum passte nun so gar nicht zu seinen Vorstellungen von der Welt. Er weigerte sich strikt und erfolgreich, diesen Weg einzuschlagen. Was aus dem dritten Bruder wurde, weiß ich nicht.

Mit 18 Jahren jedenfalls ging mein Opa zur Landespolizei nach Regensburg. Die damalige Landespolizei kann man in etwa mit der heutigen Bereitschaftspolizei vergleichen. Es waren kasernierte Einheiten. Fünf Jahre blieb Opa in Regensburg. Während dieser Zeit besuchte er zweimal für je sechs Monate die Polizeischule in Eichstätt.

Im Jahr 1928 kam mein Opa dann zur Gendarmerieschule nach Fürstenfeldbruck. Seinen Dienst versah er danach als Polizeibeamter in Altötting, Rosenheim, Traunstein und noch vielen anderen Orten. In München lernte er schließlich meine Oma Rosa kennen und lieben. Sie war hübsch, jung und damals noch keine 20 Jahre alt.

Dann brach der Zweite Weltkrieg aus. Opa wurde eingezogen, gleich zu Beginn. Er war von 1939 bis 1942 für Führer, Volk und Vaterland im Krieg und wurde schon bald als Kompanieführer einer Polizeikompanie im Kampf eingesetzt. Noch im Jahr 1942 versetzte man ihn nach Tegernsee, wo er bis Kriegsende blieb und nach dem Krieg die Polizeiorganisation neu aufbaute. Im Ort Tegernsee lebte dann auch seine Familie von 1943 bis 1948.

Ab Januar 1946 lehrte er an der bayerischen Polizeischule in Fürstenfeldbruck, an der er neun Jahre tätig blieb, unter anderem auch ein Jahr an der Kriminalaußenstelle.

Mein Opa erlebte den Krieg in Frankreich, in Russland auf der Krim und in England. Zuletzt geriet er noch in amerikanische Gefangenschaft.

Einer seiner Kameraden, der wegen seiner guten Englischkenntnisse als Schreiber bei den Amerikanern eingesetzt war, wies darauf hin, dass mein Opa ein Bauernsohn war. Das war gut so, denn Bauernsöhne wurden zuerst aus der Gefangenschaft entlassen. Es war den Amis anscheinend wichtig, die Versorgung der Bevölkerung aus der Landwirtschaft zu gewährleisten. Obwohl mein Opa gar nicht als Bauer, sondern bei der Polizei gearbeitet hatte, wurde er dennoch vorzeitig entlassen.

Während der Zeit seiner Gefangenschaft wusste seine Familie nicht, was mit ihm passiert ist. Mutter und Kinder machten sich große Sorgen um ihren Papa, denn sie hatten lange Zeit kein Lebenszeichen mehr von ihm erhalten.

Meine Tante Rosemarie wusste noch ganz genau, wie es war, als ihr Vater unverhofft, ohne Ankündigung nach Hause zurückkehrte.

Die Mama stand gerade beim Bügeln in der Küche, während die kleine Rosemarie zu ihren Füßen spielte.

Auf einmal ging die Tür auf. Ein völlig abgemagerter, ja ausgemergelter Mann betrat die Küche. Obwohl dieser Fremde eher zum Fürchten aussah, erkannte meine Oma sofort ihren geliebten Josef. Sie stürzte ihm freudig entgegen und fiel ihm überglücklich und vor Freude heulend mit einem Aufschrei in die Arme. Jetzt erkannte auch Rosemarie, dass es ihr Vater war, der da zur Türe hereingekommen war. Der Krieg und die Gefangenschaft hatten ihren Tribut gefordert.

Kurz nach Kriegsende wurde mein Opa aus dem Polizeidienst entlassen, nach Überprüfung seines Leumunds aber gleich wieder eingestellt, um eben vor Ort die Polizei in Tegernsee aufzubauen.

Am 15. August 1956 wurde Opa Josef als Inspektionsleiter zur Wunsiedler Landespolizei-Inspektion ins Fichtelgebirge versetzt, wo er neun Jahre lang bis zu seinem Ruhestand seinen Dienst versah. Er war zum Beginn seiner Pensionierung erst sechzig Jahre alt.

Mein Opa gab zu, dass er damals mit eher gemischten Gefühlen, aber nicht geradezu mit Hurra nach Wunsiedel ging. Er musste wieder, was vor allem für seine Familie belastend war, umziehen. Außerdem kannte er in Wunsiedel niemanden.

Da er aber ein recht geselliger und kommunikativer Mensch war, gelang es ihm schon bald, einen guten Kontakt mit allen Kollegen und Kolleginnen in Behörden und Ämtern herzustellen und, was ihm natürlich noch viel wichtiger war, auch einen guten Kontakt zu den Einwohnern Wunsiedels. Ihm bedeutete das sehr viel, gerade weil in einer Kleinstadt jeder jeden und viele viele kennen.

Oma Rosa war genauso wie mein Opa von sehr geselliger Art, und so konnte sich die Familie bald schon in der neuen Heimatstadt integrieren und sich wohlfühlen. Meine Oma wohnte sogar bis zu ihrem Tod im Januar 2001 in Wunsiedel.

Mein Opa war ein begeisterter Angler und Jäger und auch ein ausgezeichneter Schütze. Er heimste, als er noch im Dienst war, viele Auszeichnungen ein, auf die er sehr stolz war. Seine Jagdleidenschaft begründete er damit, dass man in seiner Familie schon seit Generationen auf die Pirsch ging und er diese Leidenschaft wohl geerbt hatte.

Einmal vertraute mir mein Vater ein Familiengeheimnis an, eine schlimme Geschichte, über die er aber nichts Genaues in Erfahrung hatte bringen können. Ein Bruder meines Opas, also ein Onkel meines Vaters, soll angeblich seine Frau und deren Liebhaber mit dem Gewehr erschossen haben. Er hatte die beiden in flagranti erwischt und anscheinend komplett die Nerven verloren. Jedenfalls drohte diesem Bruder der Strang, eine damals übliche Strafe bei Mord. Mein Opa, der schon bei der Polizei war, versuchte alles, um seinen Bruder vor dem Hängen zu retten, was ihm tatsächlich auch gelang. Statt der Todesstrafe wurde sein Bruder zu lebenslangem Zuchthaus verurteilt. Weitere Details über das Leben und den Tod dieses Onkels waren nicht zu erkunden.

Seinen Ruhestand konnte Opa Josef nicht sehr lange genießen. Er verstarb bereits nach einem halben Jahr an einem Schlaganfall, gerade mal 60 Jahre alt. Ich war damals neun Jahre. Er blieb mir bis heute in guter Erinnerung.

Papa als junger Polizist 1957

Papa, Polizist und Musiker

Mein Vater wählte, wie dereinst sein Vater auch, den Beruf eines Polizisten. Und obwohl er anerkannterweise sehr tüchtig in seinem Beruf war und man es ihm auch angeboten hatte, verzichtete er im Gegensatz zu seinem Vater auf eine Laufbahn im gehobenen Beamtendienst. Er wollte seiner Familie wegen nicht in die Fußstapfen seines Vaters treten, was immer wieder eine Versetzung an einen anderen Ort bedeutet hätte. Außerdem war er ein eingefleischter, zweihundertprozentiger Münchner. Sein geliebtes München zu verlassen, hätte er nicht überstanden. Meine Geschwister und ich sind ihm dafür heute noch dankbar, dass er uns die ständigen Umzüge erspart hat und wir in unserem geliebten München bleiben konnten.

Der letzte dienstliche Einsatz meines Großvaters als Polizeichef war im Fichtelgebirge, in Wunsiedel von Mitte der 1950er bis in die 1960er Jahre. Seine Familie wohnte nun in einem eleganten Vierfamilienhaus zusammen mit anderen angenehmen Mietern. Die Wohnung aber war für eine größere Familie doch etwas zu klein. Sie lag im ersten Stock und bestand aus zwei Schlafzimmern, einem kleinen Wohnzimmer, einer Küche und einem Bad. Im 2. Stock, direkt unter dem Dach, gab es keine richtigen Wohnungen, sondern nur vier kleine zusätzliche Zimmer, für jede Wohnung eines. Somit standen noch zwei weitere separate Schlafplätze zur Verfügung.

Unser Vater ist aber dennoch nicht mehr nach Wunsiedel mit umgezogen. Er hatte sich damals bereits bei der Bereitschaftspolizei beworben. Man musste, um in den Polizeidienst eintreten zu können, eine abgeschlossene Berufsausbildung oder wenigstens eine Lehre nachweisen. Und das konnte mein Vater.

Er hatte nämlich zunächst eine Bäckerlehre gemacht. Die Berufsschule absolvierte er mit sehr guten Noten. Er war der einzige Lehrling in der Bäckerei. Schon bald erfuhr mein Vater, dass der Bäckerberuf kein Honigschlecken ist. Bereits um drei Uhr morgens musste er in der Backstube stehen, um Brote und Semmeln für den Laden vorzubereiten. Da konnte ihm oftmals auch der Duft des frischen Brotes die Müdigkeit nicht aus den Augen treiben. Aber auch die Arbeit selbst war anstrengend. Der Teig musste mit Armen und Händen geknetet und geformt, in den Ofen geschoben und wieder herausgeholt werden. Gerne hätte ihn sein Chef nach der Ausbildung behalten, weil er tüchtig war und anzupacken wusste, aber mein Vater verfolgte konsequent sein Ziel. Er wollte Polizist werden.

Mein Vater hatte in seiner Jugend sehr viel gelesen und sich so eine fundierte Allgemeinbildung erworben. Bei der Einstellungsprüfung für den Polizeidienst war das gewiss von großem Nutzen, denn er konnte Fragen beantworten, wo andere auf der Strecke blieben.

Auch uns, die ganze Familie, hielt unser Vater mit Wissensfragen, die man zur Allgemeinbildung zählt, auf Trab. Dazu nutzte er die Zeit beim Mittag- oder Abendessen. Wie viele Beine eine Ameise hat, war für uns noch am leichtesten zu beantworten. Er forderte mit seinen Fragen unseren Ehrgeiz heraus, und wir bemühten uns mit Mutters Hilfe ihm Paroli bieten zu können. Er motivierte uns zum Bücherlesen, denn auch darin war er uns ein leuchtendes Vorbild. Schon in unserem ersten Italienurlaub lagen Mama, Papa und wir Kinder die Nasen in Büchern steckend am Strand.

Unser Papa war eine echte Sportskanone. Schließlich muss man bei der Polizei ja auch körperlich topfit sein.

In den 1950er Jahren war er aktives Mitglied im Tischtennisverein Milbertshofen. Zu diesem Verein gehörte auch der berühmte und damals erfolgreichste deutsche Tischtennisspieler Conny Freundorfer, der von 1953 bis 1961 neun Mal hintereinander deutscher Meister wurde. Bei seinem ersten Titelgewinn war er gerade mal 16 Jahre alt. 1959 wurde ihm das Silberne Lorbeerblatt der Bundesrepublik Deutschland für herausragende sportliche Leistungen verliehen.

Mein Papa spielte mit Conny Freundorfer zusammen sogar auf Turnieren in ganz Deutschland. Mit ihm und anderen Teamspielern gewann mein Vater 1957 und 1958 die Deutsche Mannschaftsmeisterschaft in Bad Homburg. Wir waren alle mächtig stolz auf unseren Papa, weil er ein so guter Tischtennisspieler war und in der Mannschaft von Conny Freundorfer mitspielte.

Im Rahmen des Polizeidienstes ließ sich mein Vater als Funker ausbilden und erhielt bei einem deutschlandweiten Funkwettbewerb doch tatsächlich die Goldmedaille. Wir verstanden zwar nicht die technischen Details von Geben pro Minute und Schlackertasten, mit denen er den Gewinn begründete, bewunderten aber gebührend die Goldmedaille und ganz besonders unseren Papa.

Die Polizeiausbildung führte ihn auch nach Rothenburg ob der Tauber, der berühmten mittelalterlichen Stadt an der Romantischen Straße. Ein ganzes Jahr war er dort stationiert, und er wusste aus dieser Zeit einige durchaus amüsante Geschichten zu erzählen. Da er ein schneidiger Bursch war und immer charmant zu den Damen, hatte er seinen späteren Berichten zufolge keine Probleme mit der Rothenburger Damenwelt. Auch ein junger Polizist fragt nicht, ob Liebe Sünde sei.

Immer wieder einmal führte ihn sein Beruf in eine andere Stadt. Im Rahmen einer Fortbildung musste er, als er bereits verheiratet war, für ein paar Wochen nach Lübeck. Ich war damals etwa sechs Jahre alt und hatte noch keine Geschwister. So konnte ich das prächtige Lübecker Tor aus Marzipan, mit dem uns mein Vater überraschte, ganz allein verspachteln.

Einige Male musste mein Vater nach Eichstätt. Er wurde als Ausbilder gebraucht. Dort lernte er einen jungen Mann, einen seiner Schüler, kennen, der ziemlich gut Akkordeon spielen konnte. Da mein Vater selbst auch Musik machte – er spielte auf einer diatonischen Harmonika –, war er begeistert und motiviert, an so manchen Abenden zusammen mit seinem Schüler in Gesellschaft zu musizieren.

Irgendwann verließ mein Vater die Bereitschaftspolizei und wechselte zum Landeskriminalamt. Dort blieb er, bis er nach einem Herzinfarkt mit 57 Jahren vorzeitig in den Ruhestand gehen musste.

Für meinen Vater war die Familie Mittelpunkt seines Lebens. Den Ausgleich zum beruflichen Alltag verschaffte er sich mit Hobbys wie Musik und Tennis. Hin und wieder war er aber auch auf der Pferderennbahn anzutreffen.

Musik stand bei seinen Hobbys zweifelsohne an erster Stelle. Ihm war sie sehr wichtig, und, wann immer es ihm möglich war, spielte er auf seiner Quetschn, der diatonischen Harmonika, und sang dazu aus voller Brust. Seine Stimme war klar und kräftig.

So bin ich bereits von frühester Kindheit an mit Musik und Gesang aufgewachsen. Meine ersten Gesangsversuche machte ich, den Papa imitierend, kaum dass ich reden konnte. Später trällerte ich stundenlang den ganzen Text des Schlagers „Sing ein Lied, sing ein Lied, little Banjo Boy". Ich hatte diesen Schlager aus dem Film „Banjo-Boy" von 1959 einige Male im Radio gehört und den Text behalten. Zur Sammlung meines Repertoires gehörten weitere Schlager aus dem Radio und selbstverständlich die Lieder meines Vaters. Ich hätte ohne weiteres für jede Schlagersängerin, jedenfalls textlich, einspringen können. Die Abwaschbürste meiner Mama diente mir als Mikrophon. Hier kam wieder einmal mein Prinzessinnen-Feeling voll und ganz zur Geltung.

Auch meine Tochter trat diesbezüglich in meine Fußstapfen. Sie kannte fast alle Lieder, die mein Vater, ihr Opa, zum Besten gab, da sie schon als kleines Mädchen gerne an seiner Seite weilte, wenn er musizierte, und aufmerksam seiner Musik und seinen Liedern lauschte.

Einmal saß sie zusammen mit meiner Mutter, ihrer Oma, in der Straßenbahn. Es war bestimmt nicht Langeweile, sondern ihr Künstlerherz, das mein Töchterchen veranlasste, in der Linie 25 Richtung Grünwald für die anderen Fahrgäste ein Lied zum Besten zu geben. Ihr Publikum belohnte ihren Auftritt mit einem pikierten bis herzhaften Lachen, als sie die folgende Weise mit dem eindeutig zweideutigen Text laut und deutlich vortrug: „Bubi, Bubi noch einmal, es war so wunderschön." Meine Mutter hätte sich, peinlichst berührt, am liebsten unter den Sitz verkrochen.

Mein Vater und meine Mutter lernten sich im Café Wien, einem Münchner Tanzlokal gegenüber vom Hauptbahnhof kennen. Für meinen Vater war das Fünf vor Zwölf, denn meine Mama wollte eigentlich nach Amerika auswandern.

Eine meiner Tanten stand schon in brieflichem Kontakt mit ihrem künftigen Ehemann, der in den USA lebte. Das Tantchen aber wollte nicht allein die Reise in das Land der unbegrenzten Möglichkeiten antreten. Sie wollte einem Familienbeschluss folgend ihre Schwester dorthin mitnehmen. Meine Mutter war begeistert von dieser Idee und hatte gedanklich schon die Koffer gepackt.

Aber wie das Schicksal so spielt, lernte sie ein paar Wochen vor der Abreise ins gelobte Land meinen Vater kennen und lieben. Und damit war Amerika vom Tisch. Statt meiner Mutter ging eine jüngere ihrer Schwestern mit nach Amerika, die dort ebenfalls den Mann fürs Leben fand und heiratete.

Mein Vater war gerade Mal 24 Jahre alt, als er 1957 meine Mutter ehelichte. Ich kam drei Wochen vor ihrer Hochzeit auf die Welt. So galt ich kurzzeitig als ein Bankert, ein lediges, in Sünde gezeugtes Kind, wie man das damals so einschätzte.

Als es so weit war, dass die Wehen einsetzten, begab sich meine Mutter in die Haas-Klinik in der Richard-Wagner-Straße in München. Die Pflege lag damals in den Händen der frommen Ordensschwestern des Klosters Erlenbad. Argwöhnisch kontrollierten die Franziskanerinnen mit einem scharfen Blick den Ringfinger einer jeden Wöchnerin, um festzustellen, ob die niederkommende Mutter verheiratet ist oder gar ledig, ob das Kind mit Gottes Segen oder gar in Sünde gezeugt worden war.

Warum mein Vater meine Mutter nicht schon geheiratet hatte, als sie mit mir schwanger war, diese Frage konnte oder wollte er nicht beantworten. Jedenfalls aber hat er mich als sein Kind anerkannt und meine zweite Geburtsurkunde lautet auf seinen Namen. Vorher hieß ich wie meine Mutter.

Mein Papa war nicht nur ein engagierter Sportler, Musiker und Sänger, er konnte auch ganz wunderbar Geschichten erzählen. Geschichten, die er meist selbst erfand. Er verstand es vortrefflich, so bildhaft die Handlung zu vermitteln, dass ich jede Szene seiner Geschichten miterlebte, als würde ich selbst dabei sein.

Wenn mein Papa dienstfrei hatte oder sein Dienstplan es erlaubte, tagsüber daheim zu sein, und ich nicht zur Schule musste, kroch ich schon am Vormittag zu ihm ins Bett oder auf die Coach. Mit „Papa, erzähl mir bitte a Gschichterl" konnte ich ihn immer überzeugen, für mich eine spannende Geschichte zu erfinden.

Da gab es die „Hexe Xankl Rankl" und den „Ede Wolf". Ganz gruselig wurde es, wenn Papa den Grafen Dracula in seine Erzählung mit aufnahm. Um diese Figuren rankten sich die besten seiner fantasievollen Geschichten. Auch wenn es mich manchmal sogar furchtbar gruselte, wollte ich sie immer wieder hören. Ich bekam gar nicht genug von seinen spannenden Erzählungen. Ich hing geradezu an seinen Lippen.

Auch meine Geschwister kamen dabei nicht zu kurz. Für sie erfand er noch weitere lustige Gestalten, drei Riesen, die da hießen „der Gigl Wigl mit dem Priegel", „der Gigl Gagl mit dem Wagl" und „der Gigl Gugl mit der Nudel".

Für die Entstehung dieser kuriosen Namen hatte Papa keine plausible Erklärung. Sie waren ihm einfach so zugeflogen. Dass „Priege"l Prügel bedeutete und dass „Wagl" ein kleiner Wagen ist, konnten wir aufgrund unserer bayerischen Muttersprache und Intelligenz selbst erahnen.

Wenn wir mal nicht gefolgt haben oder gar frech wurden, drohte unser Vater: „Wenn's ihr ned brav seids, nacha hoit eich der Wurschtl." Er überließ es unserer Fantasie, wer dieser „Wurschtl" wohl sein sollte.

Natürlich haben die Hexe und der Wolf samt Dracula bei meinen jüngeren Geschwistern eine Art Renaissance erlebt. Als die drei Riesen zum Einsatz kamen, war ich bereits im Teenie-Alter und an etwas anderen Phänomenen interessiert. Aber seine Enkelin Diana, meine Tochter, konnte mein Vater mit diesen Geschichten weiter begeistern.

Zweimal war mein Vater mit mir im Kino. Als ich neun Jahre alt war, lief das „Dschungelbuch" und ein Jahr später „Die Hexe und der Zauberer" mit Merlin und Mim. Wir haben uns beide prächtig amüsiert. Mein Vater lachte aus vollem Halse über die Zeichentrickfiguren. Er liebte Walt-Disney-Filme.

Wenngleich es auch manchmal schwierige Zeiten für uns gab, so denke ich dennoch gerne in Liebe und Dankbarkeit an meinen zauberhaften Papa zurück.

Vatis Tischtennismannschaft 1957

Mutti als Schaffnerin 1955

Schaffnerin und Mutter

Meine Mutter kam am 1. April 1934 im Bayerischen Wald auf die Welt. Man taufte sie drei Tage später auf den Namen Josefine.

Josefine war eine sehr liebenswerte Person, eine, die man einfach gernhaben musste. Und sie sah auch noch verdammt gut aus. Es war nicht nur ihre Aura, die die Menschen um sie herum faszinierte, sie hatte einfach eine ganz besondere Art, anderen Menschen zu begegnen. Nie kam ein böses Wort über ihre Lippen. Sie war offen und ehrlich und sie besaß die seltene Gabe, sich über sich selbst lustig machen zu können.

Jedes Mal lachte Josefine, meine Mutter, Tränen, wenn sie uns erzählte, wie sie zu ihrem Spitznamen Uhu-Fini kam.

Als ein Bein unseres Wohnzimmertisches, ein ziemlich massives Möbelstück, wie ein alter Zahn zu wackeln begann, versuchte meine Mama das Problem kurzerhand selbst zu lösen, indem sie das Holzbein mit einem kräftigen Ruck endgültig aus dem Tisch riss, es oben tüchtig mit Uhu-Alleskleber verspachtelte und wieder an die Stelle, der sie es entrissen hatte, drückte. Sie drückte sehr lange, um schließlich erkennen zu müssen, dass Uhu doch nicht alles kleben kann.

Zum Glück kam Onkel Walter, ihr Bruder, nach Hause und zu Hilfe. Er besah sich das Malheur und lachte sich fast krumm und buckelig, als er das Ergebnis der erfolglosen Uhu-Alleskleber-Aktion unserer Mutter inspizierte. Onkel Walter war ein gelernter Schreiner. Er hatte das Handwerk von der Pike auf gelernt und reparierte den Wackeltisch samt Wackelbein im Handumdrehen. Er konnte es sich aber nicht verkneifen mit einem frechen Grinsen eine Anspielung auf Mutters

Geburtstag zu machen: „Na ja, man merkt schon, dass du am 1. April geboren bist!" Und er setzte noch einen drauf, indem er sie „Uhu-Fini!" nannte. Mit diesem Namen ging meine Mutter in die Familiengeschichte ein.

Und da der Apfel ja bekanntlich nicht weit vom Baum fällt, versuchte ich mit ähnlichem Geschick wie meine Mama, den dicken Stängel einer Sonnenblume, den ich beim Wasserwechsel arg geknickt hatte, was mir ausgesprochen peinlich war, unauffällig mit einem Stück Tesafilm zu kleben. Meine Familie lachte sich halb schief beim Anblick der bandagierten Sonnenblume. Aber immerhin stand sie stolz und aufrecht in der Vase. So blieb mir der Spitzname Tesa-Gisel erspart.

Meine Mutter war gewiss kein Kind von Traurigkeit und, weil sie gut aussah, genoss sie die Blicke der Männer. Da war auch schon der eine oder andere ernsthafte Verehrer darunter. Sieger aber blieb mein Vati. Und der sah es ziemlich gelassen, wenn andere Männer meine Mutter verehrten. Er war stolz, eine attraktive und begehrte Frau sein Eigen nennen zu dürfen. Und er war sich ihrer Liebe sicher.

Als mein Vater meine Mutter kennenlernte, war sie schon seit Jahren Schaffnerin bei der Münchner Straßenbahn. Zu arbeiten, um Geld zu verdienen, war sie seit ihrem vierzehnten Lebensjahr gewohnt. So konnte sie mit ihrem Beruf als Schaffnerin auch einen wesentlichen Beitrag zum Lebensunterhalt unserer Familie leisten.

Die Familie bedeutete ihr sehr viel. Papa und wir Kinder waren ihr Ein und Alles. Es war hart für sie, nicht bei ihren Kindern zuhause bleiben zu können, weil das Geld nicht reichte. Aber es war auch nicht leicht für mich, als älteste Schwester schon in früher Kindheit Verantwortung übernehmen und auf meine Geschwister aufpassen zu müssen. Ich war froh, als meine Mutter ihre Schaffnerinnentätigkeit aufgab, um in Teilzeit bei der Hauptpost zu arbeiten. Da ihre Arbeit erst am späten Nachmittag begann, war sie fortan tagsüber für uns drei Kinder erreichbar.

Solange Mutti als Schaffnerin arbeitete, kam sie bedingt durch ihre Schichtarbeit zu sehr unterschiedlichen Zeiten nach Hause. An bestimmten Tagen musste sie schon um vier Uhr morgens aufstehen, um pünktlich ihren Dienst antreten zu können. An anderen Tagen kam sie erst spät am Abend wieder zurück.

Wie sehr freute ich mich, wenn Mama nach getaner Arbeit nach Hause kam. In ihrer dunklen Uniform mit dem Käppi auf dem Kopf sah sie so fesch aus. Ich wollte auch einmal so eine schöne dunkelblaue Uniform tragen, wenn ich groß bin, und ein Käppi.

Besonders aufregend fand ich als kleines Mädchen, wenn meine Mama den Inhalt ihres schweren Münzapparates, den sie an einem Gurt um die Schulter trug und der in Hüfthöhe vor ihrem Bauch hing, auf den Wohnzimmertisch leerte und das daraus kullernde Geld zusammenzählte. Pfenning zu Pfenning, Fuchzgerl zu Fuchzgerl, Markl zu Markl. Wie die Oma beim Rosenkranzbeten murmelte die Mama etwas anscheinend Geheimnisvolles vor sich hin, das ich nicht verstand.

Sorgfältig trug sie das Ergebnis mit einem Tintenstift in eine Liste ein, die vor ihr auf dem Tisch lag. Diese Liste mit den roten Streifen und Zeilen weckten in ganz besonderem Maße mein Interesse. Irgendwie musste das etwas ganz Wichtiges und Besonderes sein, was da meine Mutter so wohlbedacht mit dem Stift auf dem Papier festhielt. Zu gern hätte ich da selbst auch etwas in diese Liste reingekritzelt.

Alles Geld, das Mama in der Straßenbahn eingenommen, nun sorgfältig gezählt und in die Liste eingetragen hatte, musste sie vor der nächsten Schicht bei ihrer Dienststelle abliefern.

„Stellt euch vor", sagte Mama eines Tages, kaum war sie zur Tür hereingekommen, „heute wurde ich gefilmt!"

Es war in den 1960er Jahren, als der Bayerische Rundfunk einen Dokumentarfilm über die Geschichte und Entwicklung der Straßenbahn in München drehte. Meine Mutter wurde als Straßenbahnschaffnerin für diesen Film ausgewählt und aufgenommen. Begleitet wurde diese Aufnahme im Fernsehen von Weiß Ferdls Gesang „Ein Wagen von der Linie Acht weiß-blau fährt ratternd durch die Stadt".

Wenn ich Ferien hatte und meine Mutter nachmittags Dienst, dann durfte ich sie hin und wieder auf ihrer Fahrt durch die Stadt begleiten. Ich war damals so zwischen sechs und acht Jahre alt.

Stolz stand ich neben Mama, der feschen Schaffnerin, und schaute um mich mit einem Blick, der besagte, dass ich zu dieser wichtigen Person gehörte. Es freute mich, wenn die Leute mir mit einem freundlichen Lächeln wie einer Prinzessin zunickten. Manchmal bekam ich von Fahrgästen sogar Schokolade geschenkt. Das waren absolute Höhepunkte in meinem kindlichen Dasein. Ich fand das alles wunderschön.

Auf manchen Strecken war die Straßenbahn gerammelt voll, wie meine Mama das nannte. Dann machte ich mich ganz klein, damit die anderen Platz hatten.

An der Endhaltestelle war immer eine etwas längere Pause eingeplant. Das war die Zeit für meinen Auftritt. Ich durfte mich in dem nun leeren Wagon auf Mamas Schaffnersitz setzen und über das Mikrophon Haltestellen ausrufen und, was anderen Fahrgästen nie erlaubt war, sogar mit dem Fahrer sprechen. Ich kam mir wichtig, toll und erwachsen vor. Manchmal benutzte ich die Haltestange vorne beim Fahrer als Kletterstange und turnte daran wie ein wilder Affe herum. Mama und der Fahrer lachten dazu und applaudierten, wenn ich meine Kunststücke vollführte.

Manchmal, wenn es sein Dienstplan erlaubte, holte mein Vater meine Mutter nach Ende ihrer Schicht direkt beim Straßenbahndepot in der Einsteinstraße ab. Ich durfte ihn begleiten und mit ihm Straßenbahn fahren. Natürlich freute ich mich sehr auf Mama und lief ihr schon von Weitem entgegen. Sie fing mich mit beiden Armen auf, ehe sie von Papa ein Empfangsbussi auf die linke und rechte Wange bekam. Aber ganz besonders wichtig war für mich zu sehen, dass die Straßenbahn jetzt „Betti ging", wie Papa mir erklärte. „Auch Straßenbahnen müssen wie kleine Prinzessinnen schlafen gehen."

Mama und Papa 1960

Straßenbahnen damals und heute

Noch in den 1960er Jahren waren in München ein paar alte Straßenbahnen aus der Vorkriegszeit im Einsatz. Zum Sitzen gab es darinnen nur harte Holzbänke. Die waren so angeordnet, dass man sich gegenübersaß und der Mittelgang frei blieb. Da es für die Schaffner in diesen alten Wägen keine Sitzgelegenheit gab, musste meine Mutter die ganze Schicht über, ausgenommen an den Endhaltestellen, ihre Arbeit stehend verrichten. Nach so einer Schicht saß Mama dann auf dem Küchenstuhl und massierte sich die Beine mit dem Kommentar „Mei tuan mia heut meine Füaß weh!"

Die Türen dieser alten Straßenbahnen gingen nicht etwa automatisch auf, sie mussten per Hand aufgeschoben werden. Der Decke entlang zog sich so eine Art Leine durch den Wagen, die vor dem Anfahren vom Schaffner energisch gezogen wurde und die ein schrilles, aufschreckendes Klingelgeräusch erzeugte, dass auch wirklich jeder es hören konnte, dass die Fahrt nun weiterging.

Rationalisierungsmaßnahmen und neue Technik machten im Laufe der Jahre den Beruf eines Straßenbahnschaffners überflüssig.

Der erste Schritt dahin war, dass nur noch der hintere Wagon mit einem Schaffner oder einer Schaffnerin besetzt wurde. Wer einen Fahrschein brauchte, konnte sich diesen nur im hinteren Wagenteil kaufen.

Schließlich brauchte man mit dem Einsatz von Fahrkartenautomaten im Fahrzeug selbst keine Schaffner mehr. Am 30. Mai 1975 wurde der letzte Schaffner in München verabschiedet.

Damit ging eine Ära zu Ende und, wie ich meine, auch ein Stückchen Leben und Gemütlichkeit vom alten München.

Früher konnte man den Schaffner oder die Schaffnerin nach dem Weg oder der richtigen Linie fragen und durfte mit einer kompetenten und verständlichen Auskunft rechnen. Meine Mama zeigte gern mit freundlichen Worten dem Suchenden den Weg. Die Fahrgäste waren froh, freuten und bedankten sich.

Heute stehen die Leute manchmal ratlos vor einem gesichtslosen Fahrkartenapparat, der weder redet noch hübsch anzusehen ist und schon gar nicht erst freundlich und zuvorkommend Auskunft gibt. Ganz abgesehen von dem komplizierten Tarifsystem mit Zonen und Ringen, mit Lang- und Kurzstrecken und Innen- und Außenbereichen.

Je mehr der Mensch durch Maschinen und Apparate ersetzt wird, umso mehr geht ein Stück Menschlichkeit und Nähe verloren.

Schade, dass meine Mutter ihre Erlebnisse als Schaffnerin nie aufgeschrieben hat.

Angst um Mutter

17. Dezember 1960. Es war ein Samstag in der Vorweihnachtszeit, das letzte Wochenende vor dem Heiligen Abend. Ich war gerade dreieinhalb Jahre alt. Meine Mutter fuhr wie jeden Tag als Straßenbahnschaffnerin zum Dienst. In der Linie 10 war sie eingeteilt. Die Schaufenster lockten zum Weihnachtskauf, die Leute wuselten durch die Straßen und drängten in die Geschäfte.

Genau an jenem Tag startete um 14:05 Uhr eine von der Air Force als Passagiermaschine eingesetzte Convair C-131D Samaritan vollgetankt in München-Riem. Ziel war der RAF-Stützpunkt Northolt nahe London. An Bord waren sieben Besatzungsmitglieder und dreizehn Passagiere, zwölf davon Studenten der Universität Maryland.

Bereits zwei Minuten nach dem Start fällt der linke Kolbenmotor aus. Das Flugzeug verliert an Höhe. Die Piloten drehen das Flugzeug bei und versuchen in einer weiten Schleife über München zum Flughafen Riem zurückzukehren. Die Feuerwehr ist bereits für eine Notlandung alarmiert. Doch in dem dichten Nebel, der um diese Zeit München verhüllt, übersehen die Piloten den siebenundneunzig Meter hohen Hauptturm der Sankt-Paulskirche am Rande der Theresienwiese. Das vollbetankte Flugzeug streift rund zehn Kilometer westlich des Flughafens die Turmspitze. Die rechte Tragfläche bricht ab und der Flieger trudelt über die Schwanthalerstraße, um schließlich in der Bayerstraße auf eine Straßenbahn zu stürzen. Ein Teil der Tragfläche durchschlägt das Dach eines Wohnhauses. Viertausend Liter Treibstoff ergießen sich auf die Straße. Einer der Motoren wird gegen einen Wagen der Straßenbahn der Linie 10 geschleudert. Der auslaufende

Treibstoff entzündet sich an den abgerissenen Oberleitungen. Im Nu steht alles in Flammen.

Die Feuerwehr konnte die brennende Straßenbahn und die Trümmer der Maschine innerhalb von dreißig Minuten löschen. Es gelang ihr auch ein angrenzendes Reifenlager vor größerem Schaden zu bewahren. Dennoch endete diese Katastrophe für 52 Menschen mit dem Tod. 25 wurden verletzt. Alle Passagiere im Flugzeug starben, Fußgänger wurden von den Trümmern erschlagen und auch fast alle Menschen in der Straßenbahn kamen nicht mehr lebend heraus. Nur vier von ihnen schafften es gerade noch aus dem Wagon, aber auch sie starben wenig später im Krankenhaus an ihren Brandwunden. Hunderte von Gaffern umringten die Unfallstelle und mussten von der Polizei teilweise mit Gewalt zurückgedrängt werden.

Meinem Vater, der wusste, dass meine Mutter genau um diese Zeit in der Linie 10 im Einsatz war, blieb schier das Herzstehen. „Lieber Gott hilf, dass Josefine nicht verunglückt ist!", flehte er zum Himmel.

Und tatsächlich fuhr meine Mutter genau zu dieser Zeit in ihrer Straßenbahn der Linie 10 fahrplanmäßig nur wenige Minuten hinter der verunglückten Straßenbahn her. Sie erlebte tief erschüttert aus sicherer Entfernung das ganze Chaos. Meine Mutter, der Straßenbahnfahrer und auch die Fahrgäste in ihrem Wagen waren sich sehr wohl bewusst, dass sie nur knapp dem Tod entgangen waren.

Durch den Flugzeugabsturz an der Sankt-Paulskirche entstand wieder einmal die Diskussion, den Flughafen von Riem weiter nach außerhalb der Stadt zu verlegen. Noch an der Unfallstelle forderte der damalige Oberbürgermeister Hans-Jochen Vogel den Flughafen Riem aufzulösen.

Aber erst nach 32 Jahren und langen politischen und juristischen Streitereien wurde der neue Münchner Flughafen im Erdinger Moos gebaut und in Betrieb genommen.

Am 17. Mai 1992 schloss der Flughafen Riem endgültig seine Pforten.

An der Unfallstelle nahe der Theresienwiese, der Oktoberfestwiesn, erinnert seit 1961 eine einfache Bronzetafel an die große Katastrophe:

„Zum Gedenken an die 52 Todesopfer des Flugzeugunglücks vom 17. Dezember 1960".

Ein Unglück, das die Geschichte der Münchner Straßenbahn noch heute überschattet.

Mama und die Straßenbahn 1965

Reisen

Wenn einer eine Reise tut, dann kann er was erzählen, meinte einst der deutsche Dichter Matthias Claudius. Und das traf auch auf unsere Familie zu.

Urlaub und Reisen waren für uns Luxus pur, weil einfach das nötige Geld dazu fehlte. Umso mehr genoss ich es, als ich Anfang der 1970er Jahre mit meinen Eltern verreisen durfte.

1973 war der erste Sommer, den ich mal nicht bei der Oma in Wunsiedel, sondern zusammen mit meinen Eltern verbrachte. Meine jüngeren Geschwister wurden bei der Oma in Wunsiedel geparkt. Ich genoss es, meine Eltern endlich einmal für mich ganz allein zu haben.

Wir fuhren für vierzehn Tage nach Mörbisch ins Burgenland, nahe der ungarischen Grenze am Neusiedler See. Die Umgebung erinnere schon sehr an die Puszta, meinte mein Vater. Er zeigte sich nicht nur geografisch erfahren, sondern tat sich auch als Wetterprophet hervor.

Auf unserem ersten Erkundungsgang in die nähere Umgebung von Mörbisch begegneten wir einem mit einer Sense bewaffneten Bauern, der uns Fremde freundlich begrüßte. Er wäre nicht mein Papa gewesen, hätte er diesen herzlichen Gruß nicht zum Anlass genommen, den Feldmann in einen Plausch zu verwickeln. Die Sonne brannte schon seit Tagen auf die Erde nieder. So war das Thema Wetter für einen Urlauber ein passender Gesprächsstoff.

„A schöns Wetter habt ihr hier", begann mein Vater den Faden zu spinnen, schmeichelnd, als seien der Bauer und die Mitbewohner von Mörbisch für das Wetter verantwortlich.

Des Bauers Blick jedoch verfinsterte sich bei diesem plumpen Kompliment. „Hörn S' ma auf, an Regn bräucht ma. Des hoaße Wetter ist schlecht für unser Erntn. Wenn's weiter so runterbrennt, die Sonn, dann seh i schwarz für d' Felder."

Mein Vater versuchte den Bauern verständnisvoll zu beruhigen. „Machen S' sich keine Gedanken; wir sind heut angekommen und morgen wird's garantiert regnen".

Und tatsächlich passierte schon am nächsten Morgen, was mein Vater vorhergesagt hatte. Zunächst kühlte sich das Wetter etwas ab, dunkle Wolken verdeckten mehr und mehr den vormals blauen Urlaubshimmel und schließlich setzte ein Regen ein, der uns die nächsten Tage des est begonnenen Urlaubs begleiten sollte.

Als wir wieder einmal, diesmal allerdings mit unseren Regenschirmen bewaffnet, dem Bauern über den Weg liefen, warf der uns nur einen kurzen Blick zu, nickte leicht mit dem Kopf und sagte nichts weiter. Anscheinend hielt er meinen Vater für einen Wetterpropheten, Wahrsager oder gar einen Regenmacher.

„Dem hast du mit deiner Wettervorhersage gar einen Schrecken eingejagt", bemerkte meine Mutter schmunzelnd mit einem leichten Seitenhieb.

Zum Glück für uns Urlauber ließ sich die Sonne bald schon wieder sehen. Der Bauer aber hatte seinen ersehnten Regen bekommen. Für uns wiederholte sich das Regenwunder fast regelmäßig zu Beginn eines jeden Urlaubs, egal wohin wir fuhren. War Papa vielleicht doch ein Regenmacher?

Wieder einmal verreisten meine Eltern. Diesmal ging die Reise mit Reiseleitung im Bus nach Wien. Ich war mit dabei. Immerhin war ich damals schon sechzehn.

„Schadet nicht, wenn unsere Gisela ein wenig Kultur mitbekommt", begründete Papa seine Entscheidung.

Die langen Wege durch die alte prominente Kaiserstadt mit ihren wuchtigen Palästen und Bürgerhäusern, mit ihren Säulen, Plätzen und Kirchen machten nicht nur mich, sondern auch die anderen kulturhungrigen Mitreisenden müde und reif für eine etwas größere Pause. Der Reiseleiter entließ uns für eine Stunde, nicht ohne uns vorher ein Café ganz in der Nähe vom Stephansdom zu empfehlen und mit seinen Schäfchen einen Treffpunkt auszumachen.

Wir, meine Eltern, ich und noch ein paar andere erschöpfte und ebenso durstige Mitreisende aus unserer Gruppe standen vor dem Stephansdom und hielten nach dem empfohlenen Café Ausschau.

Es war ein heißer Tag und der Durst war bei allen entsprechend groß.

„Mir pappt d' Zung scho o", klagte mein Vater. „A süffige Halbe war jetzt recht!"

Es war keine Fata Morgana, was da meinem Papa in die Augen schoss. Auf einem Schild standen selbst aus zweihundert Metern Entfernung deutlich sichtbar die wohlbekannten und ihm vertrauten Schriftzeichen „Löwenbräu".

Geradezu magnetisch angezogen steuerte mein Vater, unverkennbar als ein echter Münchner und nach dem frischen Hopfentrunk lechzend, direkt auf das Café mit dem lockenden Schild neben dem Eingang los. Wir anderen folgten ihm alle brav wie die Herde dem Leithammel.

Als wir das Lokal betraten oder besser gesagt erstürmten, drehten sich alle, die schon drinnen saßen, – es waren auffällig mehr Damen als Herren – nach uns um. Ihre Blicke wirkten merkwürdig irritiert, ja fast etwas pikiert.

Wir dachten uns nichts dabei, sondern verteilten uns, das kühle Nass ersehnend und auch nach etwas Essbarem, wie Kuchen und Torten, spähend, auf die noch freien Tische und Plätze. Meine Mutter und ich freuten uns ganz besonders auf einen echten Wiener Kaffee mit Schlagobers und Kuchen.

In Erwartung all dieser Köstlichkeiten hofften wir, schon bald von einer freundlichen Bedienung nach unseren Wünschen gefragt zu werden. Aber es tat sich diesbezüglich nichts. Die Bedienung im schwarzen Kleid mit dem neckischen weißen Kragen und dem kessen weißen Schürzchen stand lässig, eher etwas lasziv, hinter der Theke und rauchte ebenso lässig über uns hinwegblickend und den Rauch durch die Nase ausblasend eine Zigarette.

Wir ließen unsere Blicke, Rettung erhoffend, das heißt eine Bedienung suchend, die sich für uns zuständig fühlte, durch das Café schweifen und bemerkten mit leichtem Erstaunen, dass einzelne recht auffällig geschminkte und offenherzig gekleidete Damen neben Herren sitzend uns mit giftigen Blicken bedachten. Wir fanden dafür zunächst keine plausible Erklärung.

Ganz in der Nähe unseres Tischchens hing an der Wand ein Wählscheibentelefon. Immer wenn selbiges klingelte, sprang eine der Damen auf, nahm den Hörer ab und säuselte, ihrem Gesichtsausdruck nach zu beurteilen, etwas Freundliches in den Hörer.

Endlich tauchte wie aus dem Nichts ein schwarz gekleideter Kellner mit einer ebenso schwarzen Fliege auf, kam an unseren Tisch und stellte fest: „Gell, die Herrschaften gehören bestimmt zu einer Reisegruppe." Dabei zwinkerte er leicht frivol mit dem rechten Auge. Er entschuldigte sich sogar, dass er uns so lange hatte warten lassen, und nahm die Bestellung auf, die bei den meisten unserer Begleiter „ein Löwenbräu" hieß.

Allmählich dämmerte es auch uns, dass es sich bei diesem Café keinesfalls um eine Dependance der Münchner Löwenbrauerei handelte, sondern vielmehr um einen Treffpunkt, wo die Damen aus dem horizontalen Gewerbe verkehrten und per Telefon ihre „Geschäfte" vereinbarten. Meine Mutter und ich wurden wahrscheinlich als unliebsame Konkurrenz eingestuft und waren deshalb nicht gerade willkommen.

Wir erzählten dem Reiseleiter brühwarm von unserem aufregenden Erlebnis. Er lachte dazu und meinte nur, er habe ein solches Etablissement nicht empfohlen, sondern wohlweislich das Café beim Stephansdom.

So hatten wir alle zuhause noch etwas Amüsantes von unserer Reise nach Wien zu erzählen, nämlich dass mein Vater, der Polizist, seine unschuldige sechzehnjährige Tochter und seine Ehefrau mitsamt einem Teil der Reisegruppe, in ein anrüchiges Lokal verschleppt hatte.

Als ich selbst längst verheiratet war und eine eigene Familie hatte, sind wir hin und wieder zusammen auch mit meinen Eltern in Urlaub gefahren, nach Österreich und einige Male auch nach Italien. Es waren immer vergnügliche Tage und Wochen, die meist, da ja mein Vater mitkam, mit Regen begannen. Wir verstanden uns sehr gut mit meinen Eltern, haben viel zusammen unternommen und auch viel Spaß gehabt. Gerne denke ich daher an die Urlaube mit meinen Eltern zurück.

Weihnachtszeit

Harmonie hatte bei uns in der Weihnachtszeit einen hohen Stellenwert. Streitigkeiten und Meinungsverschiedenheiten, wie sie auch in anderen Familien immer mal vorkommen, wurden während dieser besonderen „staden Zeit" so weit wie möglich vermieden.

Mutti kaufte bereits Ende November einen Adventskranz, der alljährlich auf dem Wohnzimmertisch seinen angestammten Platz hatte. Je mehr Kerzerl brannten, umso mehr stieg bei uns die Vorfreude auf den Heiligen Abend. An den vier Sonntagen vor Heiligabend saßen wir nachmittags im Wohnzimmer beisammen und sangen Adventslieder. „Macht hoch die Tür, die Tor macht weit".

Dabei erzählte die Mutti Geschichten aus ihrer Kindheit, wie zum Beispiel der Nikolausabend im Bayerischen Wald begangen wurde, als sie und ihre Geschwister noch Kinder waren. „Mei Liaber, des war scho a bisserl heftig damals!" Da haben sich die jungen Burschen im Ort als greisliche Krampusse verkleidet. Sie sind zu mehreren unterwegs gewesen und haben den Kindern Angst und Schrecken eingejagt. Die Burschen waren dabei alles andere als zimperlich. „Haben's da einen Buben erwischt, dann wurde dem armen Kerl mit der Weidenrute eins tüchtig übergezogen." Zum Glück wurde aber nie jemand ernsthaft verletzt. Darauf wurde schon geachtet. Hat höchstens mal blaue Flecken gegeben. Vor allem die Mädels haben sich vor den Krampussen versteckt.

Weihnachtszeit war auch Plätzerlzeit. Die Mutti hat, wenn es ihr zeitlich möglich war, selbst Platzerl gebacken. Am liebsten mochten wir ihre Butterplatzerl und solche, die mit Schokolade überzogen waren.

Als ich noch klein und quasi ein Einzelkämpfer ohne Geschwister war, stand ich oft knietief im Mehl mit einem Gesicht so weiß wie das Gespenst von Canterville, weil ich mit meinen Mehlhänden immer ins Gesicht gelangt hab, wenn die Nase juckte. Und die juckte oft.

Später halfen meine Geschwister mit. Das heißt, sie stachen zwar auch Plätzerl mit aus, aber sobald das erste Blech mit den duftenden Plätzerln aus dem Ofen raus war, stopften sie sich gleich die Goschn mit Platzerln voll. Und ehrlich gesagt, futterte ich auch tapfer mit.

Mutti sprach dann ein Machtwort: „Ihr könnt doch ned de ganzen Platzerl jetzt scho zambutzn! Sonst ham mir ja koane mehr an Weihachten." Das überzeugte uns. Manch einer von uns schlich sich aber dennoch in das Speiskammerl und stibitzte ein Plätzerl. Es langte aber trotzdem auch noch für die Weihnachtstage und danach.

Einige Tage vor dem 24. Dezember, dem Heiligen Abend, kaufte Vati einen Christbaum und stellte ihn im Wohnzimmer auf. Traditionsgemäß schmückten Mutti und ich am Vormittag des Heiligen Abend den Tannenbaum und brachten uns so schon mal in Weihnachtsstimmung. Wir beide verteilten auch künstlerisch das Lametta und betrachteten immer wieder zufrieden unser Werk.

Als älteste Schwester fühlte ich mich meinen kleinen Geschwistern gegenüber ein wenig überlegen, weil sie noch an den Nikolaus und das Christkind glaubten.

Vati achtete darauf, dass er am Heiligen Abend und über die Weihnachtstage keinen Dienst schieben musste. Als Familienvater konnte er sich in der Regel problemlos freinehmen.

Am Weihnachtsabend wurden vor der Bescherung traditionell Weihnachtslieder wie natürlich „Stille Nacht, heilige Nacht" und „Ihr Kinderlein kommet" gesungen.

Vati hatte allerdings noch einen besonderen Vers auf Lager, den unsere Mutti als nicht gerade sehr weihnachtlich einschätzte:

> „Die Beamtenweihnacht!
> Der Weihnachtsbaum ist öd und leer,
> die Kinder stehen blöd umher.
> Da lässt der Vater einen krachen.
> So kann man auch mit kleinen Sachen
> den Kindern eine Freude machen."

Dieses Gedicht bekamen wir, als wir schon etwas älter waren, jedes Weihnachten vorgetragen. Und immer wieder amüsierten wir uns köstlich über die Art und Weise, wie unser Vater die Verse präsentierte.

Auf die Geschenke, die unter dem Christbaum lagen, freuten wir uns natürlich allesamt am meisten. Jeder strahlte, wenn ein Geschenk ausgepackt wurde und dem Beschenkten große Freude machte. Als 14jähriger Teenager habe ich in meinem Tagebuch festgehalten, was mir an Weihnachten 1971 geschenkt wurde:

> „Ich hab schöne teure Sachen bekommen. Zwei Pullover, einen Schirm, Schlittschuhe von meiner Wunsiedler Oma, eine Langspielplatte, zwei Kassetten und Batterien für mein Tonbandgerät, ein Buch, einen Rock, ein Paar Socken und ein Paar Kniestrümpfe."

Darüber hatte ich mich riesig gefreut und war damit auch hoch zufrieden.

Viele Jahre feierten wir gemeinsam in der Familie fröhliche und besinnliche Weihnachten, bis es das Schicksal anders wollte. Sigrid, Andi und ich aber bewahrten diese Erinnerungen an Weihnachten als eine besondere Kostbarkeit in unseren Herzen.

Weihnachten im Kinderheim 1957

Weihnachten zuhause 1968

Daglfinger Pferderennbahn

Neben Musik und Tennis gehörten der Besuch der Pferde-trabrennbahn in Daglfing und hin und wieder auch der Galopprennbahn in Riem zu den beliebten Freizeitaktivitäten meiner Eltern.

Die Trabrennbahnen in Daglfing und Riem wurden in den 50er und 60er Jahren vor allem am Wochenende von vielen Münchnern und auch auswärtigen Besuchern gerne frequentiert.

Zu so einem Anlass zog sich meine Mama besonders schick an, vor allem bei Veranstaltungen auf der Rennbahn. In späteren Jahren fiel die Bekleidung etwas salopper aus.

Das Wettglück auf der Rennbahn hielt sich für meine Eltern allerdings in Grenzen. Ihre Einsätze waren den eher geringen Geldmitteln angepasst. Mein Vater hielt ein strenges Limit ein. Meist kam er nach Hause mit den Worten „Nichts gewonnen, nichts verloren."

Mehr aus Spaß als aus Ärger beschimpfte mein Vater das Pferd, auf das er gesetzt hatte, als einen „blöden Heiter", wenn es disqualifiziert wurde, weil es gesprungen ist, statt zu traben. Es ging ihm hauptsächlich um das Vergnügen. Dabeisein war alles. Natürlich freute er sich, wenn er mal was gewonnen hatte und nach dem Rennen ein bisschen mehr im Geldbeutel war als vorher.

Spannend wurde das Rennen, wenn der Obermaier, ein bekannter und erfolgreicher Jockey, im Sulky saß. Dann war Papas Vorfreude auf das Rennen besonders groß. „Heut fahrt der Obermaier", jubelte er heraus.

Während andere Familien zum Sonntagsausflug in die Berge starteten, war unser Ziel die Rennbahn. So gern meine Mutter auch auf die Rennbahn ging, so ab und an hätte sie gerne auch mal sonntags einen Ausflug in die Berge gemacht. Aber keine Chance. Höchstens einmal im Jahr konnte sie sich durchsetzen. Dann drängten wir uns zu fünft in unseren VW-Käfer und fuhren in die Berge und an den See. Einmal verbrachten wir einen Sonntag am Tegernsee. Das hat mir viel Spaß gemacht. Wir alle haben diese Abwechslung sehr genossen.

Als Kind musste ich Sontag für Sonntag mit meinen Eltern, sehr zu meinem Leidwesen, mit nach Daglfing. Dort verfrachteten sie mich jedes Mal auf den Spielplatz, wo ich mich furchtbar langweilte. Viel lieber hätte ich den Pferden beim Rennen zugesehen. Zumindest in der Rennpause durfte ich dann Pony reiten. Aber so recht getröstet hat mich das auch nicht.

Als meine Oma noch bei uns wohnte, wurde sie manchmal auch auf die Rennbahn mitgenommen. Damals fuhr mein Vater noch eine kleine gelbe Isetta. Ich frage mich heute noch, wie wir zu viert, meine Eltern, die Oma und ich – ich war damals immerhin schon sechs Jahre alt – darinnen Platz gefunden haben.

Unvergessen blieb mir eine etwas spezielle Fahrt von der Daglfinger Rennbahn zu uns nach Hause. Es war schon dunkel und es regnete in Strömen. Mit einem solchen Wolkenbruch hatten wir wirklich nicht gerechnet. Mitten auf der Autobahn streikte kurz vor München unsere kleine Isetta. Da saßen wir nun zusammengequetscht im Auto. Ich auf dem Schoß der Oma, die Windschutzscheibe dicht vor meiner Nase. Mutti fast plattgedrückt neben Vati. Meine Oma war ja recht gut beieinander, wie man so sagt.

Heldenhaft stieg Vati trotz des heftigen Regens aus dem Wagen, um den Fehler zu finden und das Auto'chen irgendwie wieder zum Laufen zu bringen. Die Tür unseres Gefährts musste man zum Öffnen nach vorne aufgeschlagen werden. Handy gab es damals noch nicht, um eventuell die Pannenhilfe herbeizurufen. Ich kann mich beim besten Willen auch nicht an einen Regenschirm erinnern, der meinem Papa hätte Schutz bieten können. Dieser Regen hatte uns voll überrascht. Gott sei Dank hat Papa den Motor auf wundersame Weise wieder zum Laufen gebracht. Jedenfalls war mein armer Papa klatschnass, als er wieder ins Auto stieg, um den Motor anzulassen, und auch wir waren bis auf die Haut durchnässt, allein schon vom Öffnen der Tür.

Als ich für den Spielplatz zu groß war und nur so zum Zuschauen keine Lust hatte, habe ich gestreikt mitzukommen. Da ich mittlerweile 12 Jahre alt war, durfte ich daheimbleiben. Ich genoss es, das Wohnzimmer für mich allein zu haben und im Fernsehen anzuschauen, was ich wollte. Dafür wurden dann meine kleinen Geschwister mitgenommen und auf dem Spielplatz abgesetzt. Ab und zu ließ ich mich erweichen mitzufahren, um auf meine Geschwister aufzupassen. Aber nur bei schönem Wetter!

Als mein Bruder etwa zweieinhalb Jahre alt war, lief er in einem unbeaufsichtigten Moment durch die Gitterstäbe quer über die Rennbahn. Auf der anderen Seite sammelten sich schon die Traber, um sich auf den Start vorzubereiten. Das Rennen sollte in wenigen Augenblicken beginnen. Da ging ein entsetzter Schrei durch die Zuschauermenge. Meine Mutter erstarrte vor Schreck. Geistesgegenwärtig machte mein Vater einen Satz über den Zaun und rannte, so schnell er nur konnte, meinem Bruder nach. Gerade noch rechtzeitig. Die Pferde preschten bereits los. Mein Vater erwischte meinen Bruder am

Hemdkragen zog ihn hoch in seine Arme und raste mit ihm in Rekordgeschwindigkeit zum Zaun zurück, um ihn in letzter Sekunde in Sicherheit zu bringen. Ein Raunen der Erleichterung ging durch die Zuschauerränge. Alle atmeten erleichtert auf, einige sogar klatschten Beifall. Sie freuten sich über die Rettung des kleinen Jungen. Diesen Vorfall werde ich nie vergessen.

Noch viele Jahre, bis ins hohe Rentenalter, blieb die Rennbahn in Daglfing für meine Eltern ein beliebtes Ziel an den Wochenenden.

Trabrennen in Daglfing 1965

Onkel und Tante

Seit ich denken kann, war für mich mein Onkel Walter immer etwas Besonderes. Ich hing schon als kleines Kind an ihm, nannte ihn manchmal liebevoll den „Bluatsonkel" als den einzigen blutsverwandten Onkel. Als ich ein Jahr alt war, schenkte er mir einen Teddybären zum Geburtstag. Dieses Stofftier halte ich noch heute in Ehren. Mein geliebter Teddy hat kaum noch ein Fell, es fehlt ihm ein Auge und das Stroh guckt aus den Fußsohlen heraus. Aber er ziert noch immer mein Nachtkasterl.

Onkel Walter war bekannt für seine Scherze und er scherzte immer viel und gern mit mir, wenn er zu Besuch bei uns war. Als ich noch bei Oma und Opa im Bayerischen Wald lebte, konstruierte er für mich eine Schaukel, die ich eifrig nutzte. Allerdings musste mich immer jemand anschubsen, bis ich es aus eigener Kraft schaffte.

Onkel Walter war ein fescher junger Mann. Eines Tages stellte er seine neue Freundin Anni der Familie vor. Ich habe diese hübsche junge Frau sofort in mein kindliches Herz geschlossen. Sie war fortan für mich meine Tante Anni.

Anni stammte aus Linz in Österreich und kam wegen der besseren beruflichen Aussichten nach München. Hier lernte sie Onkel Walter kennen und lieben.

Nach ihrer Hochzeit wohnten sie zuerst in einem kleinen Appartement in München. Nach einiger Zeit zogen sie in eine große Gartenanlage in der Schleißheimer Straße. Dorthin zog dann eben auch meine Oma aus dem Bayerischen Wald. Es war eine gute Lösung, weil sie nun in unmittelbarer Nähe ihres Sohnes leben konnte.

Diese Großgärtnerei war als Wohnstätte geradezu idyllisch gelegen, was man in einer Großstadt wie München eigentlich so gar nicht erwarten würde. Auf diesem Gelände befanden sich das Haupthaus, das die Eigentümer der Gärtnerei bewohnten, und ein weiteres, kleineres Haus mit zwei Wohnungen.

Eine Wohnung im ersten Stock wurde von einem älteren Ehepaar bewohnt. Daneben lag die kleine Wohnung von Tante Anni und Onkel Walter. Die Wohnung war schnuckelig, wenn auch ganz einfach. Anni und Walter waren zu der Zeit noch ein junges Paar und sie waren froh, dass sie dort günstig wohnen konnten.

Ich habe die beiden oft besucht, weil ich so gerne bei ihnen war, und ich kann mich noch gut erinnern, wie die Wohnung aussah.

Die Wohnung betrat man direkt über die Küche. Einen extra Gang oder Vorraum gab es nicht. Eigentlich war es ein einziger großer Raum geteilt durch eine schmale Mauer, die durchbrochen war von einer Fensteröffnung und einem Bogendurchgang zum Wohnbereich, der mit einem Ölofen beheizt werden konnte. Ein Bad war nicht vorhanden. Man musste sich also in der Küche waschen. Die Toilette, immerhin ein Spülklosett, befand sich im Erdgeschoss. Wenigstens war es kein Plumpsklo.

Auf der linken Seite befand sich die Tür zu einem kleinen Schlafzimmer, in dem es im Winter saukalt war, weil es darinnen keine Heizung gab. Manchmal habe ich dort übernachtet. Ich lag dann eingekuschelt zwischen meiner Tante und meinem Onkel im Bett.

Bei einem meiner Besuche tobte nachts ein schlimmes Gewitter. Es blitzte, donnerte, ja krachte so heftig, dass ich richtig

Angst bekam. Aber wie Kinder nun mal sind, wollte ich es durchaus noch etwas unheimlicher haben und da hat Tante Anni mir das Gedicht „Der Erlkönig" aufgesagt, und zwar auswendig. Sie konnte es so beeindruckend lebendig vortragen. Ich habe es noch heute im Ohr, wie sie deklamierte: „Wer reitet so spät durch Nacht und Wind. Es ist der Vater mit seinem Kind." Leider endet das Gedicht mit dem Tod des Kindes. Es lief mir ein kalter Schauer den Rücken hinunter, als sie rief: „Vater, siehst Du den Erlkönig nicht!"

Das alles war zwar unheimlich, aber trotzdem schaurig schön. In jener Nacht schlief ich sehr unruhig; wie die Tante anmerkte, denn ich sah und hörte alles noch einmal im Traum.

Die Gärtnerei wurde von einem riesigen Hund bewacht, der meist angekettet war. Bello hieß er. Er knurrte und bellte jeden furchtbar an, der an ihm vorbeiging. Hin und wieder durfte er auch frei herumlaufen. Jedes Mal, wenn ich Onkel und Tante besuchte, schlich ich ganz vorsichtig den Weg zum Haus hin, nicht ohne mich zu versichern, ob Bello auch wirklich angekettet war. Wenn ich ihn nicht sah, rannte ich in einem Affentempo zur Haustür, hoffend, dass Bello mich nicht erblickte. Ehrlich gesagt, habe ich auch heute noch ein mulmiges Gefühl bei großen Hunden, die ich nicht kenne und einzuschätzen weiß.

Auf dem Gelände gab es noch ein kleines Holzhaus mit nur einem Zimmer. In dem wohnte meine Oma. Die Stube strahlte viel Gemütlichkeit aus. Eine Dauerlösung war es aber nicht. Es gab keine eigene Toilette. Die Oma hat nachts, damit sie bei Dunkelheit den Raum nicht verlassen musste, vor allem im Winter, wie in frühen Zeiten üblich, einen Eimer benutzt. Der Oma aber hat das alles nichts ausgemacht, weil sie sich in dem Häuschen so richtig wohlfühlte.

Als das zweite Kind zur Welt kam, brauchten Tante Anni und Onkel Walter eine größere Wohnung. Sie zogen aus und meine Oma bezog nun deren kleine Wohnung. So hatte ich weiterhin die Möglichkeit, zur Gärtnerei zufahren und sie zu besuchen. Anni und Walter zogen mit ihren beiden Kindern Jürgen und Walter in die Einsteinstraße, wo die beiden noch heute ihr Zuhause haben. Natürlich besuchte ich sie auch dort regelmäßig.

Onkel Walter war ein tüchtiger Handwerker. Er hatte einst eine Schreinerlehre absolviert. Dieses Talent setzte er nicht nur für seine eigene Familie ein, er half auch bei der Verwandtschaft und bei Freunden, wo immer es nötig war.

Für mich hat er doch tatsächlich eine Puppenküche gezimmert. Die Tante Anni nähte die Vorhänge für die kleinen Fenster. Auch meine Tochter Diana bekam später eine von ihm persönlich angefertigte Puppenküche. Als Hochzeitsgeschenk erhielten Herbert und ich von ihm selbst geschreinerte Garderobenschränke. Bei unseren diversen Umzügen half er die Wände tapezieren und anstreichen. Beruflich übte er das Schreinerhandwerk allerdings nicht aus. Er hatte viele Jahre lang als Busfahrer sein Einkommen.

Als ich in den 1970er Jahren im Sekretariat des Berufsbildungszentrums für Bau und Gestaltung arbeitete, führte mich mein Weg vom Untergeschoss am Hauptbahnhof an die Oberfläche zur Luisenstraße. An der damaligen Endhaltestelle habe ich so manches Mal Onkel Walter im Bus angetroffen, während er dort hielt. Der erste Blick galt daher immer, wenn ich aus dem Untergrund auftauchte, dem Busfahrer. Ob nicht vielleicht doch wieder Onkel Walter am Steuer saß? Ich freute mich immer ihn zu sehen, und er freute sich auf mich. Ich stieg kurz zu ihm in den Bus und begrüßte ihn mit einem Bussi links und rechts, auf die Wangen versteht sich, und dann plauderten wir ein wenig. Die bereits im Bus sitzenden und auf die Abfahrt wartenden Fahrgäste beobachteten uns ganz interessiert. Sie fragten sich vermutlich, wie wir wohl zueinander stünden. Onkel Walter wiederum beobachtete amüsiert im Rückspiegel die Mienen der Leute hinter ihm. Ist das wohl seine Freundin oder seine Frau oder wer sonst?

In unserer Verwandtschaft wurde seit jeher ein sehr inniger und wertschätzender Zusammenhalt gepflegt, was durchaus nicht selbstverständlich ist. Mit Anni und Walter fühle ich mich bis heute in besonderem Maße herzlich verbunden.

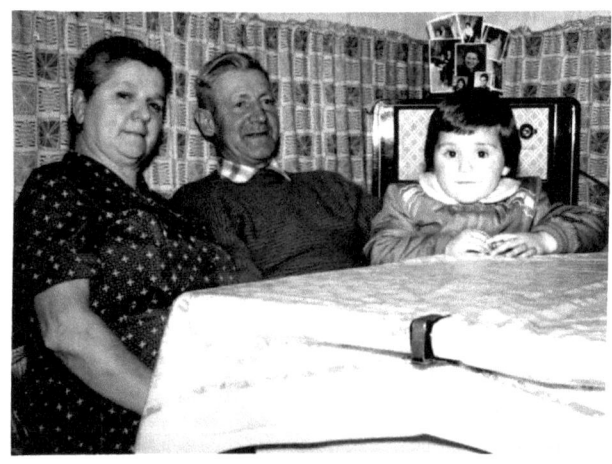

Gisela im Bayerischen Wald 1960

Schlechte Zeiten

In den Kriegs- und Nachkriegszeiten waren die Entbehrungen auch bei der Bevölkerung im Bayerischen Wald groß. Die Leute waren froh, als der Krieg am 8. Mai 1945 endlich zu Ende war. Doch die Probleme wurden jeden Tag größer, weil eine zunehmende Zahl von Heimatvertriebenen in die kleine Stadt Regen drängte. Sie kamen vor allem aus dem Sudetenland. In der Stadt mangelte es an allem, was zum Leben benötigt wurde. Immer mehr Menschen brauchten Brennstoff, Nahrungsmittel und Wohnraum. Trotz allem zeigte die Regener Bevölkerung Solidarität mit den Flüchtlingen.

Die Bewohner der kleinen Ortschaften in der Region hatten nicht minder mit der Armut zu kämpfen. Das traf auch auf den kleinen Ort Bettmannsäge zu.

Meine Großeltern hatten sechs Töchter, die Friedl, die Annemarie, meine Mutter Josefine, die Luise, die Cilli und die Christl und einen Sohn, den Walter. Eine Tochter, das Luiserl, ist schon im Kindesalter an einer Hirnhautentzündung verstorben.

Das Leben war schwierig mit wenig Geld und vielen Kindern. Auch mein Opa war im Krieg und er musste sich abplagen, um seine Familie zu ernähren.

Im Sommer und im Herbst halfen die Kinder meiner Oma beim Beerenpflücken im Wald, damit zusätzlich etwas Geld reinkam. Es wurde mir erzählt, dass sie regelmäßig beim „Hoiberzupfn", Heidelbeeren zupfen, und Brombeeren zupfen waren. Der Opa hat neben seiner Arbeit im Sägewerk noch Holzschuhe geschnitzt und verkauft.

Die Winter im Bayerischen Wald waren hart und eisig kalt, der Schulweg für die Kinder weit und beschwerlich. Sie mussten einige Kilometer durch den hohen Schnee stapfen. Es gab noch keine warmen Daunenjacken oder gar Schneeanzüge, um sich richtig warm halten zu können. Strumpfhosen gab es auch noch keine, sondern nur Strümpfe, die bis zu den Oberschenkeln reichten. Und die waren nicht angenehm zu tragen, da die Wolle auf der Haut kratzte. Meine Mutter und ihre Schwestern hassten die kratzigen Strümpfe. Aber ohne die hätten sie noch mehr gefroren.

Die älteren Kinder mussten nach ihren Möglichkeiten bereits zum Lebensunterhalt mit beitragen. Mit vierzehn Jahren hat meine Mutter in einer Fabrik gearbeitet und Kisten nageln müssen. Was für eine Arbeit für eine Jugendliche! Es passierte auch ein schlimmer Unfall. Sie schleppte einen Eimer mit kochend heißem Wasser. Er war schwer und rutschte ihr aus den Händen. Das kochend heiße Wasser ergoss sich über ihr linkes Bein und hinterließ lebenslange Narben. Die verblassten zwar mit der Zeit, hatten sich aber buchstäblich in ihre Haut eingebrannt.

Alle Kinder meiner Großeltern gingen von Zuhause fort, als sie alt genug waren, weil sie an ihrem Heimatort keine berufliche Zukunft sahen.

Die Mutti ging nach München, wo sie eine Weile in einer Gärtnerei arbeitete. Danach war sie bei einer sehr netten schwarzen amerikanischen Familie als Hausmädchen angestellt. Dort konnte sie sich ein recht passables Englisch aneignen. In den 1950er Jahren absolvierte sie die Ausbildung zur Straßenbahnschaffnerin.

Ja, es war wirklich eine schwere Zeit, die Nachkriegszeit. Manchmal sollte man ruhig zurückschauen, um zu reflektieren, wie gut es uns heute geht.

Vati erinnerte sich, dass er beobachtete, als er zusammen mit Mutti und mir bei Oma und Opa zu Besuch war, wie meine Tante Christl, die noch zu Hause wohnte, sich mit einem Schreiben an die Rentenversicherungsanstalt abquälte. Zum wiederholten Male bat sie die Behörde höflich und inständig, doch endlich einmal die Auszahlung der Rente an meinen Großvater zu veranlassen. Das Geld wurde so dringend gebraucht. Sie konnte sich nicht erklären, warum man auf ihre Schreiben nicht reagierte.

Mein Vater wurde richtig wütend, setzte sich entschlossen hin und schrieb einen Brief, der sich gewaschen hatte, an die Behörde. Er schilderte die Situation und die ärmlichen Verhältnisse in sehr anschaulichen Bildern. Sein Brief bewirkte doch tatsächlich, dass innerhalb einer Woche, als meine Eltern dort noch im Urlaub waren, das Geld überwiesen wurde. Es war damals einschließlich einer Nachzahlung, welche meinem Großvater zustand, immerhin ein Betrag von etwa 1.300 Mark. Ein kleines Vermögen für meine Großeltern. Man kann ihre Freude kaum beschreiben, die sie darüber empfanden, als der Postbote das Geld ins Haus brachte. Zur Feier des Tages stiftete Opa eine Leberkäs-Brotzeit. Für die Familie war das ein echtes Festessen.

Im Bayerischen Wald

Mit neun Monaten haben mich die Eltern meiner Mutter, die im Bayerischen Wald im Ort Bettmannsäge ein paar Kilometer von den kleinen Städten Zwiesel und Regen entfernt lebten, aus dem Kinderheim in München geholt, um mich unter ihre Fittiche zu nehmen. Ich kann mich allerdings nicht an diese Aktion erinnern, da ich ja noch ein Baby war.

Mein Opa hatte an mir einen Narren gefressen. Er liebte mich über alles. Ich konnte mit ihm machen, was ich wollte.

Opas Wohnhaus war von einer saftig grünen Wiese umgeben und nicht weit vom Fluss Regen entfernt. Ich spielte gerne auf dieser Wiese und tobte wie wild herum. Mein Opa nahm sich viel Zeit für mich, spielte mit mir, warf mich in die Luft und fing mich wieder auf, dass ich nur so juchzte. Er machte einfach jeden Blödsinn mit. Einmal fuhr er erschreckt hoch, als hätte ihn eine Schlange gebissen. Aber es war keine Schlange, sondern ich. Ich hatte ihm meine ersten Zähnchen in seinem Hinterteil spüren lassen.

Im Haus meiner Großeltern wohnte noch eine andere Familie im Erdgeschoss, die eine Tochter ungefähr in meinem Alter hatte, mit der ich viel und gern spielte. Die jüngste Tochter meiner Großeltern, die Tante Christl, die ich Mama nannte, wohnte zu dieser Zeit noch daheim.

Auch mein um acht Jahre älterer Cousin Werner verbrachte seine Ferien immer im Bayerischen Wald bei unseren Großeltern. Einmal passierte ihm ein kleines Malheur, mit dem ich ihn heute noch gerne hänsle. Ich saß im Kinderwagen. Und mein guter Werner bekam immer wieder mal die unliebsame Aufgabe, mich in seinen für ihn so kostbaren Sommerferien darin herumzukutschieren. Als Bub spielt man verständlicherweise lieber Fußball oder macht sonst was Abenteuerliches. Die kleine Cousine spazieren zu fahren, ist echt öde! Kann ich absolut verstehen. Irgendwo dort, wo er lustlos den Kinderwagen hinschob, war ein Graben voller Brennnesseln. Über dem Graben lag ein Brett. Über dieses Brett wiederum wollte mich mein Cousin Werner im Kinderwagen balancieren. Das Brett aber hatte bereits einige Risse und Löcher aufzuweisen. Der Kinderwagen blieb hängen, fiel um und mit mir „volle Kanne" in die Brennnesseln. Werner war noch nicht geschickt genug, um das zu verhindern. Wenngleich mir im Grunde genommen weiter nichts Schlimmes passiert ist, schrie ich dennoch wie ein Jochgeier, so dass alle aus dem Haus liefen, um mich zu bergen und zu bedauern.

Seit man mir diese Geschichte erzählt hat, muss Werner sie sich immer mal wieder von mir anhören und darunter „leiden". Er lacht jedes Mal herzhaft, wenn ich ihm die Brennnessel-Story vorhalte, und meint, ich hätte es schon damals verstanden mir den Mund zu verbrennen.

Woran ich auch gerne zurückdenke und das eher mit dem Magen, ist ein besonderes Schmankerl, das meine Oma zauberte, auch noch, als sie später bei uns in München wohnte. Sie nannte diese Köstlichkeit „Hosnknöpf", was so viel wie Hosenknöpfe bedeutet. Dazu wurden Kartoffeln klein würfelartig geschnitten und mit gehackten Zwiebeln in der Pfanne rausgebraten. Wie sehr habe ich diese Art von Hosenknöpfen doch geliebt!

Bis ins hohe Alter verwöhnte uns die Oma mit ihren „auszog'nen" Krapfen, die sie in Butterschmalz herausbackte. Weil sie uns so gut schmeckten, hat sie uns damit immer wieder zu besonderen Anlässen versorgt. Nachdem sie die Erde verlassen hatte, gab es diese irdische Köstlichkeit bei uns nicht mehr, außer man hat Auszogne nebenan in der Bäckerei gekauft. Aber Omas Krapferl waren unbestritten die weltbesten.

Ich bedauere sehr, dass ich mich an meinen Opa kaum erinnern kann. Ich war damals halt noch ein Kleinkind. Aber ein Ereignis gibt es, dass ich bis heute noch sehr deutlich vor Augen habe. Ich war noch keine vier Jahre alt, da erlitt mein Opa einen Herzinfarkt. Er hatte vorher schon ziemliche Probleme mit dem Herzen und es war nicht sein erster Infarkt.

Da unser Haus an einem Hang lag, mussten die Sanitäter schräg nach unten zum Krankenwagen gehen. Vom ersten Stock unseres Hauses aus beobachteten Oma und ich durch das Fenster, wie sie meinen Opa auf einer Trage in Schräglage abtransportierten. Er winkte mir lächelnd zu und ich winkte zögernd zurück. Mir war wohl bewusst, dass mein Opa sehr krank war, aber den Ernst der Lage erkannte ich damals nicht. Das Bild meines lächelnden und mit schwacher Hand winkenden Opas hat sich tief in mein Gedächtnis und mein Herz eingebrannt, als sollte es sein Abschiedsgruß sein. Die Oma und ich haben ihn einmal im Krankenhaus besucht, daran habe ich nur eine verschwommene Erinnerung. Kurz darauf ist mein Opa gestorben. Er wurde nur 63 Jahre alt.

Bald danach zog meine Oma zusammen mit mir nach München zu meinen Eltern, die endlich eine Wohnung im Lehel gefunden hatten.

Meine Eltern waren sehr dankbar, dass mich die Großeltern damals aufgenommen hatten, denn sie hätten sonst keine andere Wahl gehabt als mich wieder in ein Kinderheim zu geben. Ich war rund und gesund. Es ging mir bei Oma und Opa ja ausgesprochen gut.

Aufbruch

Eine meiner Tanten, die zweitälteste Tochter Annemarie, wurde durch eine Freundin, welche im brieflichen Kontakt mit einem Amerikaner stand, ebenfalls dazu angeregt, auf eine Anzeige hin zu antworten.

Sowohl meine Tante als auch ihre Freundin wollten daraufhin nach Amerika auswandern, um dort ihre Brieffreunde zu heiraten. Tante Annemarie wollte auch meine Mutter nach Amerika mitnehmen, gleichsam als Garantie für ein Stück Familie und Heimat.

Josefine, meine Mutter, die damals gerade Mal zwanzig war, arbeitete bereits in München als Straßenbahnschaffnerin. Sie wohnte bei ihrer ältesten Schwester Friedl, die bereits verheiratet war. Mutti war nicht abgeneigt, mit nach Amerika zu kommen. Aber ein paar Wochen bevor sie abreisen sollte, lernte sie meinen Vater in München kennen. Wie einst Cäsar kam, sah und siegte er. Und so war es dann aus mit Amerika. Sicher hätte sie dort geheiratet und Kinder bekommen. Auch mich? Aber mit einem anderen Gen-Cocktail. Irgendwie komme ich ins Grübeln, was wäre gewesen, wenn?

Statt meiner Mutter ging nun ihre jüngere Schwester nach Amerika, die dort heiratete und drei Kinder bekam. Wie das Leben halt so spielt!

In den 1950er Jahren kam es nicht selten vor, dass die bei uns stationierten Amerikaner, GIs, sich unsere Mädels schnappten, um sie mit nach Amerika zu nehmen. Das ging nicht immer gut aus. So einige junge Frauen kamen mit ihren Kindern enttäuscht vom „American Way of Life" wieder zurück nach Deutschland. Bei meinen Tanten war das Gott sei

Dank nicht der Fall. Die beiden jüngsten Töchter meiner Großeltern väterlicherseits heirateten sehr jung mit 18 und 19 Jahren. Sie lernten ihre Männer, wie damals üblich, beim Tanzen kennen. Die zweitjüngste Tochter Gerti kam mit ihrem GI zu meinen Großeltern und mein künftiger amerikanischer Onkel hielt dann bei meinem Großvater, wie es sich damals gehörte, um die Hand ihrer Tochter an. Natürlich waren ihre Eltern zunächst nicht gerade begeistert davon, dass ihre Tochter nach Amerika auswandern wollte. Aber da sie aus Liebe heiratete, waren sie schließlich doch einverstanden. Damals brauchte meine Tante noch die Einverständniserklärung der Eltern, weil man erst mit 21 Jahren volljährig war.

Zirka zwei Jahre später kam dann die jüngste Tochter Reni ebenfalls mit einem GI daher und dem Wunsch, ihn zu heiraten und nach Amerika auszuwandern. Er war ein netter und anständiger junger Mann. Dennoch fielen meine Großeltern aus allen Wolken. Aber sie gaben ihr Einverständnis, weil sie ja dem Glück ihrer Tochter nicht im Wege stehen wollten.

Und schließlich ging auch die jüngste Schwester meiner Großmutter nach Amerika. Anscheinend lag dieses Fernweh wohl ein bisschen in der Familie; denn auch zwei Tanten meiner Großmutter verschlug es als Ordensschwestern zur Mission nach Afrika. Von diesen Urgroßtanten habe ich lediglich ein vergilbtes Foto, auf dem sie als Ordensschwestern in Afrika zu sehen sind.

Beinahe wäre auch ich in Amerika gelandet. Man erzählte mir, dass meine Taufpatin, die Tante Annemarie, als ich ein Jahr alt war, zu Besuch aus Amerika in den Bayerischen Wald gekommen ist und mich, da sie selbst keine Kinder bekommen konnte, unbedingt adoptieren wollte. Meine Mutter aber gab mich nicht her.

Tante Friedl und ihr Wiggerl

Tante Friedl war meine Vize-Taufpatin. Sie vertrat Tante Annemarie, meine Taufpatin; denn die war zur Zeit meiner Taufe schon wieder in Amerika. Ich habe sie im Laufe meines Lebens nur selten gesehen, wenn sie gerade mal in Deutschland weilte. Für mich war deshalb Tante Friedl meine angestammte Patin und ich fühlte mich ihr innig verbunden.

Tante Friedl und ihr Mann, der Onkel Wiggerl, wohnten in München in der Fürstenrieder Straße. Die Häuserreihe, in der sie ihre Wohnung hatten, wurde in den 1920er Jahren gebaut.

Meine Mama und ich waren oft zu Besuch bei Tante Friedl und Onkel Wiggerl. Ich freute mich bei diesen Besuchen ganz besonders auf meinen Cousin Werner. In den 1960er Jahren war er bereits als Jugendlicher einzustufen. Er galt als ein richtiger Halbstarker, wie man damals etwas abfällig die jugendlichen Männer nannte. Ich hingegen war für ihn noch ein richtiges Kind. Er nannte mich scherzhaft „Rabe". Das war so eine Art Spitzname von ihm, nur für mich.

Ich spielte so gern mit seinen Legosteinen, die er in einer Schachtel aufbewahrte und ebenso mit den kleinen Matchbox-Autos, die er wie seinen Augapfel hütete. Wie sehr wünschte ich mir auch solche Autos und Legosteine! Aber als Mädchen hatte ich da gar keine Chance, so etwas zu bekommen.

Als ich älter war, besuchte ich Tante Friedl und Onkel Wiggerl oft auch allein. Sie erzählten mir dann von früher und fanden in mir eine aufmerksame und interessierte Zuhörerin.

Onkel Wiggerl, der eigentlich Ludwig hieß, hat mir schreckliche Erlebnisse anvertraut, aus der Zeit, als er in russischer Gefangenschaft war. Man hat ihm den Daumen seiner rechten

Hand weggeschossen, als Strafe dafür, weil er versucht hatte, für sich und seine mitgefangenen Kameraden ohne Erlaubnis etwas zum Essen zu besorgen. Die Soldaten litten ständig unter Hunger, die Ernährung war erbärmlich.

Für mich als Kind war Onkel Wiggerls daumenlose Hand gruselig und doch faszinierend. Mein Onkel hingegen ging mit diesem Manko ganz natürlich um, als ob es nur so und nicht anders normal sei.

Er rauchte sehr gerne seine Virginia und es sah recht elegant aus, wie er diese ohne Daumen zwischen seinen Fingern hielt und drehte.

Onkel Wiggerl war erst spät aus der russischen Gefangenschaft entlassen worden. Keiner hatte mehr mit seiner Rückkehr gerechnet. Er war bereits verheiratet, als er in den Krieg ziehen musste, und er hatte einen Sohn aus dieser Ehe. Als er aus dem Krieg und der Gefangenschaft nach Hause zurückkam, hatte sich seine Frau bereits von ihm getrennt. Sie wurden offiziell geschieden. Er lernte zum Glück schon bald meine Tante Friedl kennen. Etwas Besseres konnte ihm gar nicht passieren, wie er immer wieder mit leuchtenden Augen bestätigte.

Nach Krieg und Gefangenschaft sah Onkel Wiggerl wirklich elend, abgemagert, ja ausgezehrt aus. Aber die gute Tante Friedl, die ganz wunderbar kochen konnte, hat ihn nach und nach wieder aufgepäppelt, und da Liebe bekanntlich auch durch den Magen geht, blieben sie über sechzig Jahre glücklich verheiratet.

Einfach guat

Mit, wenn auch einfachen, aber trotzdem kulinarischen Köstlichkeiten verstand es Tante Friedl ihren Wiggerl wieder zu Kräften zu bringen. Hier ein paar Rezepte aus den 1950er Jahren, welche aus einem alten selbst beschriebenen Heft von Tante Friedl stammen:

Sauerbraten

Ein Pfund Rindfleisch (von der Rose) drei Tage vor dem Kochen einbeizen.

Beize:

Wasser und Essig abschmecken; 2 Lorbeerblätter, 2 Nelken, 1 junge Zwiebel in Scheiben und 4 Wacholderbeeren darin einlegen.

Etwas Fett in einen Tiegel oder eine Reine geben, mit der gebeizten Zwiebel und etwas Wasser das Fleisch andünsten. Dann gut anbraten und an beiden Seiten eine ¾ Stunde dünsten lassen.

Soße:

1/8 sauren Rahm, 2-3 Teelöffel Mehl mit Wasser anrühren und mit dem Beizwasser abschmecken.

Kosten: ca. 4 Mark

Anmerkung: Mahlzeit!

Fischgericht

1 Pfund Goldbarsch oder Rotbarschfilet

1 Ei, Semmelbrösel, Mehl

Fisch waschen, gut abtropfen lassen, mit Salz und Pfeffer einreiben, in Mehl und dann in einem gequirlten Ei und Semmelbrösel wälzen.

Reichlich Fett in die Pfanne geben und gut heiß werden lassen. Den Fisch von beiden Seiten langsam backen.
Zutaten:
Kartoffelsalat oder Tomatensalat.
Für Garnierung:
1 Scheibe Zitrone je Filet.
Kosten: ca. 2 Mark
Anmerkung: Wer Fisch isst, lebt länger!

Suppenfleisch mit Bohnen

1 Pfund Ochsenfleisch (Zwerchrippe)
1 Suppengrün, Suppeneinlage nach Belieben
1 Zwiebel, 1 Knoblauch
2 Liter Wasser, 1 Teelöffel Salz
Das vorher gewaschene Suppengrün und ½ Zwiebel mit der Schale sowie 1 Zehe Knoblauch zum Kochen bringen. Das gewaschene Fleisch ins kochende Wasser geben und gleichmäßig langsam kochen.
Kochzeit: 2 ½ Stunden, dann abseihen
Zur Suppe gibt es Gemüse und Salzkartoffeln
und Bohnen:
1 Pfund Bohnen mit Bohnenkraut vorher putzen, Bohnenfäden ziehen und Bohnen an den Enden schief schneiden, gut waschen und in einen Tiegel geben, etwas Fett und Bohnenkraut dazu geben und mit Suppe oder Wasser aufdünsten,
2 Teelöffel Mehl anrühren und abschmecken.
Kosten: ca. 4 Mark
Anmerkung: Ist das lecker!

Wunsiedel

Im April 1962 flog meine Bayerwald-Oma für sechs Monate nach Amerika, um ihre beiden Töchter Annemarie und Cilli
nebst Familien zu besuchen. Man brauchte aber während ihrer
Abwesenheit für mich eine Betreuung. Es war daher ein
Glück, dass die Eltern meines Vaters bereit waren, mich während dieser sechs Monate aufzunehmen. Um beide Großmüt-
ter auseinanderzuhalten, sprachen wir von der Wunsiedler
Oma, weil die in Wunsiedel lebte und von der Schreiner Oma,
weil die sich Schreiner schrieb.

Mein Großvater, der Mann der Wunsiedler Oma, war, wie
bereits erwähnt, Polizist. Durch seine Tätigkeit im gehobenen
Dienst wurde mein Opa immer wieder versetzt und zugegebe-
ner Weise in durchaus schönen Ortschaften als Polizeichef
eingesetzt. Dazu gehörten Städte wie Fürstenfeldbruck und
Traunstein.

Während der Jugendzeit meines Vaters war mein Großvater Polizeichef am Tegernsee, direkt im Ort Tegernsee. Das
war für die Kinder eine gute Zeit an einem schönen Ort. Mal
abgesehen von den Wirren des Krieges und der darauffolgen-
den schweren Nachkriegszeit. Durch das mehrmalige Umziehen der Familie wurden die Kinder wie auch die Erwachsen-
den immer wieder aus ihrem vertrauten Umfeld herausgeris-
sen. Das war nicht einfach zu ertragen, weil man die Schule
wechseln und Freunde zurücklassen musste. Doch Kinder
haben die Gabe, immer das Beste aus allem zu machen.

Der letzte Einsatz meines Großvaters als Polizeichef war
im Fichtelgebirge, in Wunsiedel. Das war in den 1950er Jahren. So kam ich schließlich nach Wunsiedel. In dem Vier-

Familien-Haus, in dem meine Großeltern wohnten, fand ich Spielkameraden in meinem Alter. Die Wohnung war klein, aber gemütlich. Sie befand sich im ersten Stock eines zweigeschossigen Hauses inmitten einer Häuserreihe an der Hauptstraße. Ich erinnere mich, dass diese Häuser hauptsächlich von Polizisten mit ihren Familien bewohnt wurden. Im zweiten Stock unseres Hauses gab es weitere vier kleine Zimmer, welche die Bewohner des Hauses mitbenutzen konnten. Der absolute Renner aber war für uns Kinder der lichtdurchflutete Speicher. In dem konnte man nicht nur Sachen verstauen, die nicht mehr gebraucht wurden, er war auch ein wunderbarer Platz, um beim Spielen seiner Fantasie freien Lauf zu lassen.

Wenn man aus dem Fenster in den Hof schaute, sah man die Kellergasse, die zum Katharinen Berg führte. Es gab auch Gärten für die Hausbewohner, die man vom Hof aus leicht erreichen konnte. Um zu ihnen zu gelangen, musste man eine Treppe nach unten benutzen, da die Gärten tiefer als der Hof lagen. Dahinter breitete sich eine große Wiese aus, die einem Bauern gehörte. Meine Großeltern hatten keinen eigenen Garten, sie durften sich aber jederzeit im Garten der Nachbarn aufhalten.

Das Haus, in dem meine Großeltern wohnten, gibt es heute noch. Allerdings sind vor Jahren fast alle Gärten aufgelöst worden, so dass sich die Wiese weiter ausbreiten konnte. Dafür haben sich die Hausbewohner dann Balkone im ersten Stock ihrer Wohnungen anbauen lassen. Zu dieser Zeit wohnte man noch zur Miete. Später wurden die Wohnungen in Eigentumswohnungen umgewandelt Die Nachbarn meiner Oma haben sich eine dieser Wohnungen gekauft.

In einer der hinteren Häuserreihen wohnte ein Polizist mit Familie und einem großen Schäferhund. Er gehörte wohl zur Hundestaffel der Polizei. Der Hund wurde die meiste Zeit in einem Zwinger gehalten. Natürlich durfte er auch immer wieder einmal in unserem großen gemeinsamen Hof herumlaufen. Wenn das der Fall war und ich dies mitbekam, setzte ich keinen Fuß vor die Tür, denn ich hatte furchtbare Angst vor dem Hund. Ich war ja zu der Zeit auch noch ein kleines Mädchen. Bevor ich zum Spielen in den Hof ging, spähte ich immer zuerst vorsichtig, ob da nicht der Hund draußen frei herumlief. Denn wo der war, wollte ich bestimmt nicht sein!

Als Revier zum Spielen und Toben stand uns die gesamte Häuserzeile mitsamt dem großen Hof und den darunter liegenden Gärten zur Verfügung. Auf dem Katharinen Berg mit seiner für uns Kinder geheimnisvollen Ruine spielten wir Verstecken oder Räuber und Gendarm. Als imaginäre Ritter verteidigten wir tapfer die Burgruine. Heute gibt es in der Nähe der Ruine eine Falknerei mit Vorführungen. Damals war alles noch wild verwachsen. Schon der steile Weg dorthin, den meine Oma mit uns tapfer erklomm und erschnaufte, war für uns spannend und ließ unserer Fantasie freien Lauf. Dafür durfte Oma auch immer mitspielen, entweder als Räuberhauptmann oder als Burgfräulein oder sie musste uns suchen, je nachdem, was wir gerade ersonnen. Oma machte alles mit. Sie war einfach eine Superoma.

Auf der Luisenburg in der Nähe von Wunsiedel gibt es das berühmte Felsenlabyrinth. Es ist das größte Felsenlabyrinth in Europa. Durch natürliche Vorgänge wurden die Steinformationen gebildet. Wir Kinder sind dem natürlichen Verlauf der Wege und Formationen der Felsen folgend durch enge Felsspalten geschlüpft und rumgekraxelt. Es ging im wahrsten Sinne des Wortes drunter und drüber. Wir mussten immer herzhaft lachen, wenn meine Oma, die doch recht gut beieinander war, sich durch die eine oder andere enge Felsspalte schnaubend zwängte. Manchmal haben wir sie auch hindurchgeschoben. Es war einfach wunderbar! Oben angekommen genossen wir den wunderbaren Ausblick. Es hat uns allen Spaß gemacht.

Wir hatten jede Menge Auslauf ringsherum. Wir spielten mit dem Ball, fuhren mit dem Radl und liefen über Stock und Stein. Zu den vereinbarten Zeiten zum Mittag- und Abendessen mussten wir aber pünktlich wieder daheim sein. Abends waren wir dann oftmals so müde, dass wir nur noch ins Bett fielen und schnell einschliefen.

Wenn das Wetter nicht so gut war, liefen wir Kinder durch das Haus vom Keller bis zum Dachboden und zurück und spielten, was uns unsere lebhafte Fantasie eingab. Welch eine glückliche und unbeschwerte Zeit! Meine Oma spielte mit uns Kindern in ihrem gemütlichen kleinen Wohnzimmer gerne Canasta und „Mensch ärgere Dich nicht". Aber auch „Stadt, Land, Fluss" war sehr beliebt bei uns. Das hat unserer Bildung durchaus gutgetan, weil wir dabei auch etwas gelernt haben. „Onkel Otto sitzt in der Badewanne" war auch ein sehr beliebtes und lustiges Schreibspiel bei uns.

Die Wunsiedler Oma konnte auch sehr gut kochen. Meine absolute Lieblingsmahlzeit war Sauerkraut mit Bratwürsten. Man braucht nicht zu erwähnen, dass die fränkischen „Würschtla" ganz besonders lecker sind. Würscht und Kraut gab es einmal die Woche und darauf habe ich mich immer ganz besonders gefreut.

Es war bei meiner Oma Tradition, vor dem Essen die Hände zu waschen und zu beten. Beten war in der Regel nur beim Mittagessen angesagt. Wenn mir der Magen knurrte, habe ich das Verserl sehr schnell runtergebetet: „Komm Herr Jesus, sei unser Gast. Und segne, was du uns bescheret hast".

Vor dem Zubettgehen wurde das Nachtgebet aufgesagt und manchmal auch ein Schlaflied gesungen. Gesungen haben wir überhaupt gerne. Meine Oma hatte eine schöne Stimme. Sie sang als junge Frau im Kirchenchor. Und wenn wir spazieren gingen oder uns in der Gegend der Luisenburg herumtrieben, trällerten wir aus vollem Halse Volkslieder. „Mit dem Pfeil und Bogen durch Gebirg und Tal", „Das Wandern ist des Müllers Lust" oder auch „Ein Jäger aus Kurpfalz".

In dem halben Jahr in Wunsiedel besuchte ich den Kindergarten. Für mich etwas völlig Neues, denn in München brauchte ich das nicht, weil zu der Zeit noch meine Schreiner Oma bei uns wohnte. Es machte mir aber großen Spaß und ich fand es wunderbar, so viele Kinder auf einmal zum Spielen zu haben.

Meine Großeltern waren beide fesche Leute. An meinem Opa habe ich immer die schönen weißen Haare bewundert. Die kleine, gelbe Strähne auf seinem Haupt, behauptete man, sei wohl vom vielen Rauchen gekommen. Ein Kontrast dazu bildeten die dunklen buschigen Augenbrauen. Opa war groß und schlank. Er war von einer ganz besonderen Aura umgeben. An ihn kann ich mich als eine sehr respektable Person erinnern. Er war ab und zu als Jäger unterwegs. Oma und Opa hatten einen Dackel mit dem Namen Burschi, der treu und wacker mit seinen krummen, kurzen Beinen seinem Herrchen bci dcr Jagd folgte.

Ein Jahr nach meinem Aufenthalt in Wunsiedel erhielt ich, wieder daheim in München, die traurige Nachricht, dass der arme Burschi von einem Auto überfahren worden war. Darüber war ich sehr traurig.

Gerne half ich meiner Oma am Waschtag. Nicht immer war meine Hilfe aber wirklich hilfreich. Sie hatte noch keine Waschmaschine und wusch die Wäsche noch im Waschkeller des Hauses. Auf einem großen Holzbrett wurde die Wäsche mit Kernseife geschrubbt und danach in einen großen steinernen Waschzuber, gefüllt mit heißem Wasser, gesteckt. Dann wurde die Wäsche mit einem Stampfer ordentlich gedrückt und gerührt. Soweit es in meinen Kräften stand, rührte ich mit dem Stampfer begeistert mit, wenngleich mir der Schweiß von der Stirn rann. Natürlich musste meine Oma nachbessern.

Bei schönem Wetter hängte sie die Wäsche wie die anderen Hausbewohner draußen im Hof auf. Das beeinträchtigte allerdings etwas unseren Platz zum Spielen. Die wackeren Wäscherinnen im Haus waren nicht gerade beglückt, wenn wir mit unseren vom Spielen schmuddeligen Händen die saubere Wäsche beim Rumrennen auf die Seite schoben.

Im Jahr darauf besaß meine Oma bereits eine elektrische Waschmaschine. Ein Wunderwerk! Schließlich wurde Oma auch nicht jünger und diese Wascherei mit der Methode von Anno Dazumal ging ihr immer schwerer von der Hand.

In Omas Haus war der Speicher für uns ein sehr geheimnisvoller Ort. Es standen dort alte Möbel herum, die uns dazu animierten, Familie, Vater, Mutter, Kind, oder irgendwas anderes Fantasievolles zu spielen. Im Speicherabteil meiner Oma hingen in einem Schrank abgelegte Kleider. In einem alten Koffer entdeckten wir hübsche Gewänder meiner Tanten aus den 1950er Jahren. Eines davon war ein gelbes Cocktailkleid mit viel Tüll und Strasssteinen. Es gehörte einst meiner Tante Rosemarie. Und weil es mir so gut gefiel, zog ich es sofort an und rannte mit noch zwei anderen Mädels, die sich ebenfalls in viel zu lange Kleider warfen, runter auf die Straße. So etwas Verrücktes hatte Wunsiedel außerhalb des Faschings noch nie gesehen. Da waren wir dann tatsächlich das Tagesgespräch. Meine Oma hat sich köstlich amüsiert. Wir waren natürlich mächtig stolz. Das gelbe Kleid nahm ich mit nach München und trug es im Fasching als Prinzessin. Dass ich tatsächlich später einmal eine Prinzessin, nämlich die Sissi darstellen würde, um mein Stadtviertel, das Lehel, im Fasching zu repräsentieren, hätte ich mir damals nicht träumen lassen.

Da unser Haus damals an der noch nicht sehr belebten Hauptstraße von Wunsiedel lag, beobachteten wir Kinder ab und zu neugierig und bewundernd die wenigen Autos, die an uns vorbeifuhren.

Eines Tages im Sommer 1962 rumpelten schwere Panzergefährte mit Kanonenrohren bestückt durch unsere Straße und an uns in Richtung Grenze vorbei. Wir saßen da staunend mit offenem Mund und auch die Erwachsenen kamen auf die Straße heraus oder schauten aus ihren Fenstern. Irgendwie kam uns das sehr beängstigend, ja eher bedrückend vor. Ich habe es bis heute nicht vergessen.

Was mir noch in Erinnerung blieb, ist der Besuch des Bundespräsidenten Lübke in Wunsiedel. Ich war so sechs oder sieben Jahre alt. Es wurde im wahrsten Sinne des Wortes für ihn ein großer Bahnhof veranstaltet. Wir standen zusammen mit vielen anderen Bürgern und Honoratioren samt Bürgermeister von Wunsiedel auf dem Bahnsteig. Damals hielt der Zug noch direkt am Wunsiedler Bahnhof. Der aber ist heute schon lange nicht mehr im Betrieb. Ich hatte das Glück, ganz vorne zu stehen und konnte alles genau sehen, wie der Präsident aus dem Zug stieg und wie er begrüßt wurde. So etwas vergisst man nicht. Heinrich Lübke war der zweite Bundespräsident der Bundesrepublik Deutschland, von 1959 bis 1969.

Nach einem halben Jahr bei meinen Großeltern kehrte die Schreiner Oma aus Amerika zurück und ich kam wieder heim nach München. Meine Mutter stellte fest, dass ich tüchtig fränkelte. Das hat sich dann aber bald wieder verloren. Wunsiedel aber ist für immer meine zweite Heimat geblieben.

In späteren Jahren, wenn ich Ferien oder Urlaub hatte, habe ich mich immer darauf gefreut, mich am Münchner Hauptbahnhof in den Zug zu setzen und Richtung Fichtelgebirge zu fahren. Schon allein die Fahrt dorthin habe ich genossen. Die Vorfreude ist bekanntlich die größte Freude. Als wir noch Kinder waren, hat uns Vati mit dem Auto dorthin gefahren.

Da ich zuhause bei meinen Eltern kein eigenes Zimmer hatte, war es für mich immer besonders schön, ein solches in Wunsiedel zu genießen. Das Zimmer mit der Dachschräge war im zweiten Stock mit einem kleinen Fenster. Die Oma hat es das Juchhe genannt, weil es da oben eine so schöne Aussicht gab.

Mein wunderbarer Großvater starb mit 60 Jahren, als ich neun Jahre alt war. Meine Geschwister haben ihn leider nicht mehr kennengelernt.

Die Wunsiedler Großeltern 1962

Festspiele

Ich denke, es ist vielen bekannt, dass auf der Luisenburg bei Wunsiedel alljährlich im Sommer die Luisenburg-Festspiele stattfinden. Es ist die älteste Naturbühne in Deutschland und grenzt direkt an das Felsenlabyrinth, dem Zauberland meiner Kindheit. Wenn man im Zuschauerbereich sitzt, sieht man auf der Freilichtbühne die umliegenden Felsen. Es sieht wildromantisch aus.

Als junges Mädchen durfte ich zusammen mit meiner Großmutter und Bekannten das eine oder andere Luisenburg-Festspiel besuchen. An ein Theaterstück erinnere ich mich ganz besonders, da ganz spezielle Umstände es zu etwas Besonderem machten.

Es war die Aufführung von Shakespeares Hamlet im Sommer 1975. Ellen Schwiers spielte die Hauptrolle.

Da es am Abend manchmal recht kühl wird und auch der Zuschauerbereich, wenngleich überdacht, dennoch im Freien liegt, kommt man nicht immer ohne eine wärmende Decke aus. Und an jenem Abend war es so, dass wir gut und gern eine gebraucht hätten.

Das Wetter zeigte sich eine ganze Weile durchaus freundlich, was vor allem für die Schauspieler von Vorteil war, denn die Bühne selbst ist nicht überdacht. Sie spielen absolut unter freiem Himmel.

Doch auf einmal brach ein Gewitter los. Genau bei der Szene, wo Hamlet den Totenkopf in der Hand hält und die dramatischen Worte spricht: „Sein oder nicht sein, das ist hier die Frage", zuckte am Himmel ein gewaltiger Blitz, dem ein furchtbarer Donnerschlag folgte, der die Zuschauer fast aus ihren Sitzen hob. Dann blitzte und donnerte es immer bedrohlicher. Ein heftiger Regen setzte urplötzlich ein. Es goss vom Himmel wie aus Eimern. Das passte beeindruckend gut zu der Szene. Es schien, als hätte die Natur einen Vertrag mit der Spielleitung abgeschlossen. Die Schauspieler verließen fluchtartig die Bühne. Das Stück musste unterbrochen werden. Wir rechneten schon gar nicht mehr damit, dass es an diesem Abend noch eine Fortsetzung geben würde, da beruhige sich der Regen und Blitz und Donner verzogen sich grollend in der Ferne. Die Schauspieler kamen mit Regenschirmen bewaffnet auf die Bühne zurück und spielten tapfer weiter. Der Beifall war dementsprechend groß. Das war der faszinierendste Hamlet, den ich je in meinem Leben gesehen habe.

Wir haben im Laufe der Zeit noch andere beeindruckende Vorstellungen gesehen, den „Räuber Hotzenplotz" zum Beispiel und die „Vier Musketiere" mit Christian Quadflieg. Er spielte den d'Artagnan. Er war damals so jung und schön. Als junges Mädchen schwärmte ich für ihn. Und nicht nur ich! Und „Liliom" des ungarischen Dramatikers Ferenc Molnár mit Helmut Lohner haben wir auch genossen auf dieser speziellen Freilichtbühne.

Die Entstehungsgeschichte der Freilichtbühne ist eine Erwähnung wert. Die Wunsiedler Lateinschüler begingen seit dem Jahr 1665 ein Sommerfest, das sogenannte Margarethenfest. Sie führten selbstgeschriebene Theaterstücke vor dem Felsenlabyrinth auf, die ihren Höhepunkt etwa um das Jahr 1760 erlangten, mit Darbietungen von oftmals recht derben Alltagsszenen. Das gefiel der damaligen Schulleitung gar nicht. So wurde das Fest 1771 einfach abgeschafft.

Die Wunsiedler Honoratioren trösteten sich in der Zwischenzeit mit Singspielen. Das heutige Festgelände entstand im Jahr 1804. Die gute Akustik war nicht zuletzt dafür verant-

wortlich, dass sich nach und nach die Luisenburg-Festspiele
entwickelten. Es gibt mittlerweile verschiedene Aufführungen,
mal eine Oper, mal eine Operette, ein Musical, Märchen und
auch bayerische Stücke. Viele Besucher bevölkern während
der Festspielzeit die Stadt Wunsiedel; denn die Festspiele sind
ein Augen- und Ohrenschmaus für alle.

**Oma, Opa, Friedl, Wiggerl
und Gisela 1961**

Damals im Lehel

Wenn ich gefragt werde, wo ich aufgewachsen bin, dann sage ich mit Stolz und Freude in der Stimme „im Lehel". Und es kommen dann oft erstaunte Ausrufe wie: „Das muss ja schön gewesen sein, dort zu wohnen." Da stimme ich aus vollem Herzen zu. Allein schon, wenn man von Straßennamen umgeben ist wie die „Paradiesstraße". So heißt auch die Straßenbahnhaltestelle. Oder die „Himmelreichstraße", die direkt in den Englischen Garten führt und gleich darauf zur Brücke über den Eisbach. Und schon ist man mittendrin im Englischen Garten. Meine Straße im Lehel war nur ein paar Schritte vom „Himmelreich" entfernt. Die gute alte Straßenbahn, die Linie 20, fuhr damals auch noch durchs Lehel. Die oft gebrauchte Redewendung war: „Schnell, i muaß no die Zwanzger erwischen"!

In den 1960er Jahren kam hin und wieder der Kartoffelmann in unsere Lerchenfeldstraße. Damals gab es noch nicht so viele Autos, die durch unsere Straße fuhren. Sie war eine Einbahnstraße. So konnte der Kartoffelmann gemütlich mit seinem Karren durch die Straße ziehen und die Anwohner mit seinem Ruf „Kartoffeln, pfenningguate Kartoffeln, zehn Pfund zwoa Markl!" auf sich aufmerksam machen. Er rief den ersten Teil deutlich laut heraus, bei der Nennung des Preises aber wurde seine Stimme merkbar und kontinuierlich leiser und tiefer. Ich habe diesen Ruf noch heute im Ohr.

In der Emil-Riedel-Straße hatte eine Polizeiinspektion ihren Standort; ihr gegenüber befand sich ein Milchladen. Dort holte ich täglich einer Aluminiumkanne einen Liter Milch. Und weil ein Deckel drauf war und mit einem Deckel ja nichts schief gehen kann, wie ich glaubte, habe ich die gefüllte Milchkanne mit ausgestrecktem Arm und viel Schwung herumgeschleudert. Na ja, das war dann doch keine so gute Idee. Der Deckel saß leider nicht so fest drauf, wie ich dachte, und so habe ich eine Menge Milch verschüttet. Das musste ich zuhause offen und ehrlich beichten, weil ich für eine neue Füllung nochmal Geld brauchte. Das war für mich im wahrsten Sinne des Wortes ein „Schleudertrauma".

In unserem friedlichen Lehel ereignete sich zu der Zeit sogar ein richtiger Kriminalfall. Als ich einmal wieder Milch holen sollte, stellte ich fest, dass das Geschäft geschlossen war, obwohl es um diese Zeit hätte offen sein müssen. Ich spähte neugierig durchs Fenster in den Laden, konnte aber nichts Außergewöhnliches entdecken. Ein paar andere Leute wollten auch einkaufen und rätselten, was da wohl los sein könnte. Unverrichteter Dinge gingen wir wieder nach Hause. Schon bald erfuhren wir, was mit unserer Milchfrau passiert ist. Die Inhaberin des Milchladens war mit einem Ziegelstein erschlagen worden. Ein Mordfall direkt gegenüber der Polizeiinspektion, das war für uns alle in der Gegend unfassbar. Der Mord wurde schon bald aufgeklärt, der Mörder konnte gefasst werden. Da ich damals noch ein Kind war und die Erwachsenen mich vor einer Schilderung der grausamen Tat verschonen wollten, habe ich nie erfahren, wie es zu diesem Mordanschlag gekommen war. Das Milchgeschäft wurde für immer geschlossen. Auch die Polizeiinspektion gibt es längst nicht mehr, was aber mit dieser Mordgeschichte nichts zu tun hat.

Direkt neben unserem Haus wohnten in einem Altbau zwei Freundinnen von mir. Wir Kinder spielten bei jeder Gelegenheit miteinander in den Hinterhöfen. Nicht selten zum Leidwesen der Anwohner. Der Hausmeister oder die Nachbarn ärgerten sich, wenn wir zu laut waren, vor allem beim Ball spielen.

In unserem Hinterhof standen noch die schweren alten Aschentonnen. An Mülltrennung dachte damals noch niemand. Die Teppichstange im Hof, die eigentlich zum Ausklopfen der Teppiche gedacht war, lud uns zum Turnen ein.

Direkt gegenüber unserer Wohnung befand sich ein altes Mietshaus mit einer ebenso alten bayerischen Wirtschaft und einem ganz kleinen idyllischen Biergarten. Da bekam man noch einen leckeren Schweinebraten für wenig Geld. Meine Eltern gingen hin und wieder abends, wenn sie mal gerade zusammen frei hatten, gerne auf einen Wein oder ein Bier hinüber.

Es gab da auch noch so einige urige Typen wie den Jakob, den alle nur „Jake" nannten und dessen Namen man so aussprach wie man ihn schreibt. Er war ein ganz ein „griabiger" Mann, der nicht viel redete, dafür aber umso mehr Bier trank. Wenn er sich besonders wohlfühlte, „sauwohl", wie man das in Bayern nennt, haute er urplötzlich mit voller Kraft und Freude auf den Kachelofen ein, der mit seiner Wärme der Wirtschaft besonders viel Gemütlichkeit verlieh, dass alle Gäste vor Schreck zusammenfuhren. Aber niemand im Raum regte sich darüber ernsthaft auf. Man kannte ihn ja, den Jake.

Leider wurde das Gebäude samt dem urigen Lokal und dem gemütlichen Biergarten Ende der 1970er Jahre abgerissen und durch ein neues Wohnhaus ersetzt. Ein Stück altes Lehel ist damit Geschichte.

Ein echtes Original im Lehel war auch die „Antn-Lina". Lina war eine alte Frau, die tagtäglich im Englischen Garten mit ihrer Ente, die in einem alten Kinderwagen gebettet saß, spazieren ging. Es war ein alter Korb-Kinderwagen aus den 1950er Jahren. Die Ente saß brav und gemütlich im Wagen und genoss es sichtlich rumkutschiert zu werden. Wenn man den beiden begegnete, bekam man zwangsläufig gute Laune und jedermann lächelte ihnen freundlich zu.

Gastwirtschaft in der Lerchenfeldstraße 1969

Beinahe beim Film

Schräg unserem Haus gegenüber sahen wir auf eine etwas vorgelagerte, freie Fläche mit wildwüchsigen Pflanzen und urig üppigem Gestrüpp. Ja, es gab damals tatsächlich in München noch freie Flächen. Dahinter stand ein kleines, altes Haus, in dem eine meiner Spielkameradinnen wohnte. Man betrat von außen einen langen Gang. Links und rechts des Flurs befanden sich die einzelnen kleinen Wohnungen. Das Klo und die Wasserstelle waren noch draußen auf dem Gang.

Direkt neben diesem Haus gab es noch ein weiteres, älteres Mietshaus, in dem eine Familie mit zwei Kindern im ersten Stock wohnte. Das Bad befand sich in der Wohnung. Meine Mutter und auch ich waren mit der jungen Frau Margit befreundet und ihre Kinder und meine Geschwister, die ungefähr gleichaltrig waren, haben zusammen gespielt.

Eines Tages, es war im Sommer 1972, als ich gerade mal 15 Jahre alt war, hatte sich ein Filmteam auf der freien Fläche vor dem Haus aufgestellt. Ich war just zu diesem Zeitpunkt bei Margit zu Besuch und verfolgte neugierig, was vor dem Fenster sich abspielte. Die Filmarbeiten fand ich höchst interessant. Zwei Herren des Teams schauten direkt zu mir herauf, während sie sich unterhielten. Redeten die gar über mich?

Am nächsten Tag, als ich aus der Schule kam, saßen die zwei Filmleute in unserer Küche. Sie unterhielten sich in einem ruhigen Ton mit meiner Mutter. Natürlich erinnerte ich mich sofort an sie. Ich war wirklich überrascht, sie hier bei uns zuhause anzutreffen. Waren sie etwa meinetwegen gekommen? Nach einer kurzen, aber herzlichen Begrüßung mit Handschlag betrachteten sie mein Gesicht kritisch von allen

Seiten und waren sich dann sehr schnell einig: „Hm, das Mädel sieht doch jünger aus als wir dachten. Die können wir leider nicht in unserem Film einsetzen."

Mutti meinte dazu in ihrer lässigen Art: „Das hab ich Ihnen ja gleich gesagt."

Da ich figurmäßig doch schon von weitem betrachtet recht weiblich wirkte und mich das Filmteam tags zuvor nur aus der Ferne am Fenster stehen sah, hatten sie sich hoffnungsvoll bei Margit nach mir erkundigt. Natürlich wäre es keine Sprechrolle gewesen. Ich sollte nur etwas leichtbekleidet in einer Traumsequenz filmisch herumschweben. Ich war zutiefst enttäuscht, dass meine gerade aufblitzende Filmkarriere an meinem zu jungen Gesicht gescheitert war. Aber vermutlich hätten es meine Eltern ohnehin nicht erlaubt, leicht bekleidet in einem Traum zu erscheinen. So musste ich denn doch meine Schule abschließen und einen bodenständigen Beruf erlernen.

Noch einmal hatte ich eine Begegnung der für mich besonderen Art. Als ich jung verheiratet war, besuchten mein Mann Herbert und ich, wie so oft, meine Eltern. Zusätzlich wurde noch meine Tante Friedl am Nachmittag erwartet. Ich erbot mich, sie von der Straßenbahnhaltestelle abzuholen. Auf dem Weg dorthin lag an der Ecke der Lerchenfeldstraße ein Radlgeschäft, der Griesbeck, das auch von bekannten Persönlichkeiten frequentiert wurde.

Da ich schnell geradeaus unterwegs war, nicht um mich blickend, weil mal wieder zu spät, übersah ich, dass jemand aus dem Radlgeschäft herauskam. Und so stolperte ich dem Schauspieler Michael Ande, dem Helden der „Schatzinsel" und Ermittler in der Krimiserie „Der Alte", dem Traummann meiner schlaflosen Nächte direkt in die Arme. Überrascht blieben wir beide stehen und schauten uns verdutzt in die Au gen. Wie sehr freute ich mich, meinem Lieblingsschauspieler so nahe zu sein! Ich mochte ihn sehr und schwärmte, wie viele Mädchen meines Alters, von ihm. Errötend stammelte ich Worte der Entschuldigung. Er aber schenkte mir ein verzeihendes und gütiges Lächeln. Er unterhielt sich sogar eine Weile mit mir, wollte wissen, wohin ich denn so stürmisch unterwegs sei. Weil ich es wirklich eilig hatte, musste ich seine freundliche Einladung zu einer Tasse Kaffee ablehnen. Ich gebe zu, dass ich beides, die Einladung und den Kaffee, gerne angenommen hätte. Aber mein Pflichtbewusstsein machte mir einen Strich durch die Rechnung; denn meine Tante Friedl kam pünktlich mit der Straßenbahn an und ich wollte sie nicht warten lassen oder gar versetzen.

So war mein Draht zu Michael Ande jäh gerissen und mein Traum von Film und Fernsehen geplatzt. Zu gern hätte ich wenigstens mal eine Leiche in einem seiner Krimis gespielt. Ich überlebte es.

Opa Josef 1930

Die kleinen Läden

In unserer Straße im Lehel war ein Tante-Emma-Laden, so ein richtig gemütliches kleines Lebensmittelgeschäft. Damals gab es noch nicht die mächtigen Lebensmittelketten wie „Aldi" oder „Lidl" mit den großen Supermärkten. Aber selbst die haben einmal klein begonnen.

Unser Lebensmittelladen hatte jedenfalls alles. was man für Küche und Haushalt brauchte. Und natürlich gab es in der näheren Umgebung auch einen Metzger und einen Bäcker. Alles ging noch recht gemütlich und persönlich zu.

Das Lebensmittelgeschäft in unserer Straße wurde von einer Frau Meerwald betrieben. Als kleines Mädchen wurde ich dorthin häufig zum Einkaufen geschickt, vor allem, wenn meine Mutter wieder einmal etwas vergessen hatte. Obwohl ich im Grunde genommen nie gern einkaufte, – ehrlich gesagt bis heute nicht, außer Klamotten – ging ich nicht ungern in Frau Meerwalds Laden, weil ich dort immer von ihr etwas geschenkt bekam.

Die gute Frau Meerwald reichte mir jedes Mal mit einem sanften und verständnisvollen Lächeln etwas Gutes über die Ladentheke. Bonbons, Lutscher oder gar Brause. Die kribbelte immer so schön auf der Zunge. Gerne nahm ich auch kleine Figuren entgegen, zum Beispiel den kleinen Bären aus Plastik von Bärenmarke, mit denen ich zuhause spielte.

Leute, die bei Frau Meerwald einkauften, ratschten oft und gern miteinander, besonders wenn sie daheim viel allein waren. Vor allem die alten Leute sprachen über Gott und die Welt und auch über ihre Leiden. Frau Meerwald war bestens informiert darüber, was im engen Umkreis des Lehels so alles los war. Es wurde tüchtig getratscht. Man tuschelte über die kleinen Skandale in unserer kleinen Welt, von denen ich damals aber noch nichts verstand. Man erfuhr, wer mit wem eine Liebschaft begonnen oder beendet hatte und andere spannende Geschichten.

Frau Meerwald verstand es vortrefflich, ihre Neuigkeiten in das Verkaufsgespräch einzuflechten: „Ja Frau Meier, wia geht's denn so, wos macht de Gicht? Derf's bei der Wurscht a bissl mehr sei? Und meng S' vielleicht no gor an Senf dazua? Ham S' scho g'hört, wos der Saubua von do drübn wieder ogstellt hot?" Für einen Ratsch war immer Zeit. Es ging alles recht gemütlich zu.

Direkt daneben war ein kleiner Friseurladen, wo man genau wie im Lebensmittelladen ein paar Stufen runtersteigen musste, wenn man das Geschäft betrat. Dort habe ich mir meine erste Dauerwelle als Teenie drehen lassen. Mir standen dann sprichwörtlich die Haare zu Berge vor lauter Schreck, als ich sah, welch ein Ungetüm an Haaren da meinen Kopf umrahmte. Tapfer bin ich damit rumgelaufen, es ist mir ja auch nichts anders übriggeblieben, bis meine Schnittlauchlocken wieder einigermaßen nachgewachsen waren. Später ließ ich mir auch mal hin und wieder Dauerwellen verpassen, achtete aber besser darauf, dass die Welle nicht zu stark ausfiel.

Den kleinen Laden gibt es nun schon lange nicht mehr. Der Friseurladen zog in das Haus neben uns und wurde etwas größer und moderner. Die Kundinnen gingen mit, auch die Damen unserer Familie.

Schon schade, dass es nur noch wenige von den kleinen Lebensmittelläden gibt. Die großen Supermärkte mit ihren oft billigeren Waren verdrängten sie mehr und mehr und sind weitaus unpersönlicher, ganz zu schweigen von ihrer Erreichbarkeit, vor allem wenn der große Markt sonst wo ist und die alten Leute nicht mehr mobil genug sind. Der Laden um die Ecke war nicht nur unterhaltsam, sondern halt auch praktisch. Für alle.

Sigrid und Andi 1970

Was es sonst noch alles gab

Am Ende der Widenmayerstraße gleich am Isarhochufer nahe der Max-Joseph-Brücke, die zum Herzogpark und zum Bogenhausener Kircherl führt, hatte der Turnverein Jahn seinen Standort. Im Laufe des Jahres 1970 zog er nach Bogenhausen, in die Weltenburger Straße. In diesen Turnverein trat ich bereits mit acht Jahren ein und war Mitglied, bis er dann umzog. Ich fand das sehr schade, denn ich fühlte mich dort gut aufgehoben.

Als ich etwas älter war, durfte ich sogar eine Kindergruppe leiten. Ich war ja schon geübt darin, musste ich doch immer auf meine kleinen Geschwister aufpassen. Es hat mir sehr viel Spaß gemacht mit den Kleinen zu turnen. Sie waren zwischen drei bis fünf Jahre alt. Es machte mich sogar stolz zu erfahren, dass die Eltern mir ihre Kinder anvertrauten.

Zur Weihnachtszeit wurde im Turnverein alljährlich eine besinnliche Weihnachtsfeier veranstaltet, bei der wir Tänze oder sogar einmal ein Singspiel aufführten. Mit dem Umzug des Turnvereins war wieder ein Stückerl Lehel verschwunden, jedenfalls in meinen Augen. Und da stand ich nicht allein da, viele haben dies bedauert.

Als die Schreiner Oma noch bei uns wohnte, ging sie mit mir gerne zum Bogenhausener Kircherl und zeigte mir, wo in dem kleinen Friedhof die Honoratioren und Künstler Münchens früherer Zeiten und auch andere bayerische Berühmtheiten beerdigt sind. Obwohl ich noch ein Kind war, habe ich die Ruhe und die Idylle dort sehr genossen.

Ein Schauer lief mir jedes Mal über den Rücken, wenn die Sirenen in der Stadt aufheulten. Im zweiten Weltkrieg haben sie vor Bombenangriffen gewarnt. Bis weit in die 1960er Jahre hinein wurden einmal jährlich die Sirenen auf ihre Tauglichkeit hin getestet. Dieser Alarm wurde, soweit ich mich erinnere, immer so gegen 11:00 Uhr vormittags ausgelöst. Und das dauerte ein paar Minuten mit Vorwarnung und Entwarnung. Es ging mir jedes Mal durch und durch, vermutlich auch allen anderen Leuten auch, vor allem denjenigen, die den Krieg noch selbst miterlebt hatten. Die Leute mussten sich damals vor den Bombenangriffen in den Luftschutzekellern und Bunkern in Sicherheit bringen. Dieses Heulen der Sirenen war für mich furchterregend. Ich hatte als fünfjähriges Kind keine Ahnung, wie nahe wir im Oktober 1962 einem dritten Weltkrieg waren.

Ein einzigartiges Ereignis war gewiss die erste Mondlandung im Juli 1969, als der amerikanische Astronaut Neil Armstrong als erster Mensch den Mond betrat. Die ganze Welt verfolgte dieses Schauspiel im Fernsehen. Auch wir hingen vor dem Fernsehapparat und waren tief beeindruckt.

Ein knappes Jahr später startete Apollo 13 zu ihrer Mond-Mission. Keiner ahnte, dass der Start der Rakete so dramatisch verlaufen würde. Der Satz „Houston, wir haben ein Problem" war prägend für die Raumfahrt. Gott sei Dank ging alles gut aus. Dieses Ereignis hat für mich noch einen besonderen Erinnerungswert. Denn einen Tag nach der sicheren Landung der Astronauten auf der Erde hatte ich Firmung und ein paar Tage später feierte ich meinen 13. Geburtstag.

In den 1960er Jahren kehrte nach der Erfindung der Pille die sogenannte sexuelle Befreiung in die deutschen Schlafzimmer. Das heißt, die Frauen brauchten keine Angst mehr vor einer ungewollten Schwangerschaft zu haben. Doch so manchem Herrn der Schöpfung passte diese sexuelle Selbstbestimmung der Frauen nicht in den Kram. Die Kirche fürchtete gar eine totale sittliche Entgleisung. Im Kino liefen Aufklärungsfilme von Oswald Kolle. Ich kann mich noch gut daran erinnern, dass in dem kleinen Kino, das auf meinem Schulweg lag, nicht nur mehr „Sissi", Heimat- und die Pauker-Filme mit Hansi Kraus gezeigt wurden, sondern bald schon auch die Oswald-Kolle-Filme.

Meine Schulfreundinnen und ich, aber auch die Jungs, die denselben Schulweg nahmen, betrachteten neugierig die Fotos im Schaukasten des Kinos. Wir drückten uns fast die Nasen daran platt. Natürlich waren die Darstellungen auf den Fotos eher zurückhaltend harmlos. Dieses gemütliche, kleine Vorstadt-Kino gibt es nun schon lange nicht mehr.

Geld für einen Kinobesuch war so gut wie nicht vorhanden, es sei denn, wir fanden einen großzügigen Spender unter den Verwandten. Unser Taschengeld war recht dürftig. Mit 50 Pfennigen in der Woche pro Nase kommt man nicht weit. Das Taschengeld wurde zumeist in Süßigkeiten investiert, welche wir in dem kleinen Laden auf unserem Schulweg kauften, oder auch mal für eine Brezn beim Bäcker. Die kostete damals 20 Pfennig, eine Semmel 10 Pfennig.

Die sexuelle Aufklärung in unserer Jugendzeit fiel recht unterschiedlich aus, je nachdem, ob und wie die Eltern dies taten. Aber es gab die Jugendzeitschrift Bravo, die meine Freundin Katrin und ich geradezu verschlangen. Und darin fanden wir die Aufklärungsberichte von Dr. Sommer. Besonders gefielen uns die Fotostorys in Bravo. Wir warteten mit Spannung auf die Fortsetzungen.

Die Bravo-Zeitschriften stapelten sich mit der Zeit in meinem Zimmer. Ich habe sie alle gesammelt. Heute finde ich es schade, dass ich keine davon aufgehoben habe

.

Rund um den Englischen Garten

Als meine Eltern vor mehr als 50 Jahren in die Lerchen-feldstraße zogen, war vieles noch anders. Zum Beispiel fuhr damals noch die gute alte Straßenbahn der Linie 20.

Mein Schulweg in den 1960er Jahren zur St. Anna-Schule führte entlang der Lerchenfeldstraße direkt neben dem Englischen Garten.

Zu dieser Zeit gab es das Prähistorische Museum an der Lerchenfeldstraße noch nicht. Es war ein leerer freier Platz bzw. eine Wiese. Erst Mitte der 1970er Jahre entstand das Gebäude aus Stahlbeton. Sieht nicht besonders schön aus, finde ich. Wirkt fast wie ein Fremdkörper, aber man hat sich daran gewöhnt. Hier zählen halt mehr die inneren Werte. Es ist spannend und sehr interessant, was man darinnen zu sehen bekommt. Also sehr empfehlenswert!

An der Straßenbahnhaltestelle „Nationalmuseum" stand damals ein öffentliches Klohäuschen. Man nannte es den „Schwulen-Treff", eben weil dort der Treffpunkt derselbigen war. Mittlerweile wurde das Häusl hergerichtet und dient jetzt als Eisbach-Kiosk. Daneben finden im Sommer die tollen Spektakel mit den Eisbach-Surfern statt. Die Leute können sich daran gar nicht sattschen. Die Brücke ist bei schönem Wetter dicht bevölkert.

Man brauchte nur einmal umzufallen von unserer Straße aus und schon waren wir im Englischen Garten. Meine Geschwister und ich betrachteten das in unserer Kindheit als etwas ganz Selbstverständliches. Dass es das nicht war, verstanden wir erst sehr viel später.

Am Hirschanger wurde von der Schule aus, wie auch heute noch, Sport getrieben. Völkerball war für uns der Hit, jedenfalls für die meisten von uns. Es wurden dort auch die Bundesjugendspiele veranstaltet mit Laufen, Werfen und Springen. Einmal im Jahr gab es ein Kinder- und Jugendfest. Alle möglichen Spiele wurden dabei veranstaltet, Eierlaufen, Sackhüpfen und andere Wettkämpfe.

Die Zeit verändert den Raum und so war es auch in unserer Straße. Häuser wurden abgerissen, neue gebaut. Als in unserer Lerchenfeld-Straße wieder einmal ein Haus abgerissen worden und nur noch Bauschutt übriggeblieben war, stiegen auf diesem Bauschutt, was eigentlich verboten war, ein paar Freundinnen und ich darauf herum. Mit unseren zehn Jahren fanden wir das Verbot nicht wichtig. Für uns war es berauschend und abenteuerlich, da wir hofften, noch irgendwelche Dinge, die man vielleicht zum Spielen benutzen konnte, im Schutt zu finden.

Es kam, wie es kommen musste. Meine Freundin Katrin trat barfüßig, da Sommer, in eine Glasscherbe. Ihr Fuß blutete heftig. Wir brachten sie humpelnd nach Hause. Statt Mitgefühl bekam sie prompt Hausarrest verpasst. Wir Geschwister hielten zusammen wie Pech und Schwefel, erzählten zuhause kein Wort von unseren gefährlichen Abenteuern im Schutt. So blieb uns ein Hausarrest erspart.

Der Winter im Englischen Garten war, wenn viel Schnee lag, für uns Kinder wunderbar. Links und rechts an den Gehwegen türmten sich hohe Schneehaufen. Meine Geschwister und ich zogen mit unserem Schlitten los zum Monopteros und fuhren mit dem Ausruf „Aus der Bahn" fröhlich grölend den Berg hinunter.

Ein Teil des Eisbachs fließt an der Straßenbahnlinie entlang. Gleich beim Tivoli lag der Tennisplatz, in dem meine Eltern und wir Kinder häufig Tennis spielten. Papa war unser Tennislehrer und Trainer. Auch Sigi Sommer war dort ab und zu anzutreffen.

„Der Apfelbaum" in der Nähe des Eisbachs, ein Platz mit Bänken zum Ausruhen und einem wunderbaren Baum zum Klettern, wurde von uns Kindern gern in Beschlag genommen.

Und wie Kinder nun mal so sind, spielte ich mit Katrin am Apfelbaum an einer seichten und ruhigen Stelle des Eisbachs, was wir eigentlich nicht tun sollten. Und wieder hatte unsere Katrin Pech. Sie rutschte kopfüber in den Eisbach. Klatschnass musste sie nach Hause laufen, was wiederum einen Hausarrest zur Folge hatte.

Als 14-Jährige nahmen wir im Sommer Katrins Tonbandgerät mit zum Apfelbaum, um damit einen selbst erdachten Krimi aufzunehmen. Wir plapperten eifrig ins Mikrofon und fingen damit auch die entsprechenden Geräusche der Natur ein. Meine kleine Schwester musste das Opfer spielen. Das tat sie gerne, denn sie durfte dabei quicken wie ein Schwein beim Schlachter.

Das Freizeitheim

Das Freizeitheim im Englischen Garten hatte im Rumford-schlössl seinen Platz gefunden, in der Nähe des Chinesischen Turms. Nach einem Entwurf von Baptist Lechner wurde das Rumfordschlössl im Jahre 1791 erbaut, ein Jahr bevor der Englische Garten für die Münchner Bürger geöffnet wurde. Erst diente es als Offizierskasino und danach nutzte man das Gebäude für höfische Zwecke. Nach dem zweiten Weltkrieg wurde das schon mittlerweile recht verfallene Haus renoviert. Der Kreisjugendring München-Stadt übernahm im Jahr 1966 das Rumfordschlössl und richtete ein Freizeitheim für Kinder und Jugendliche ein.

Für Katrin und mich war es für mehr als zwei Jahre ein wichtiger Aufenthaltsort und ein fester Bestandteil unserer Jugendzeit. Bei schönem Wetter fand man uns im Freien innerhalb des Areals des Rumfordschlössls. Wir spielten bis in die Dämmerung hinein Tischtennis. Es gab drei Tischtennis-platten aus Stein. Sie waren wind- und wetterfest.

Im Erdgeschoss lagen die Räume unseres Freizeitheims. Dazu gehörten das Büro für die Heimleitung und zwei Räume, in denen wir uns aufhalten konnten. In dem großen Raum war eine Tischtennisplatte aufgestellt. Außerdem fand man darin einen Kicker und einige Tische und Stühle. In dem anderen, etwas kleineren Raum gab es Sitzgelegenheiten, ein Tischbillard und jede Menge Spiele.

Am liebsten spielten wir Tischtennis oder Kicker und hörten dazu flotte Musik. Das war manchmal etwas problematisch, weil die Geschmäcker zwischen den Jungs und uns Mädels doch recht unterschiedlich waren. Wir hörten gerne Elvis

Presley, Abba, Middle of the Road und T. Rex, während die Jungs mehr für Pink Floyd, Eric Clapton und Uriah Heep waren. Es wurde darüber ab und zu heftig gestritten.

Ein paar wenige Musikstücke gefielen uns auch gemeinsam und bei den Beatles war man sich weitgehend einig. Unsere Heimleiterin war eine sehr nette, verständnisvolle Dame, die mit diplomatischem Geschick immer wieder alles einzurenken wusste, so dass schließlich doch jeder mal auf seine Kosten kam.

Ab und zu wurden Veranstaltungen im Freizeitheim organisiert, Partys für die jungen Leute und auch Faschingsfeiern. Allerdings blieben diese immer nur auf den Nachmittag beschränkt. Leider!

Nach den Tischtennispartien gingen wir im Sommer gerne zum Chinesischen Turm, um uns „abzukühlen". Katrins Mutter packte rechtzeitig einen Picknickkorb für uns, über den wir uns hungrig hermachten.

Unsere Clique bestand in der Regel aus vier bis sechs Jungs und zwei bis vier Mädchen. Klar gab es auch immer mal wieder Verwicklungen romantischer Natur, schließlich haben wir sehr viel Zeit miteinander verbracht.

Unsere Freunde Helmut und Werner besaßen damals bereits Mofas mit einer „Riesengeschwindigkeit" von etwa 30 km/h. Das reichte uns. Unsere Jungs waren mächtig stolz auf ihre Maschinen und brachten Katrin und mich selbstverständlich damit nach Hause. Wir nahmen das gerne an, obwohl wir befürchten mussten, dass solche Aktionen unserem Ruf schaden könnten. Zum Glück wohnten wir alle nicht weit auseinander und waren somit schnell zu Hause.

Einmal, ich war gerade mal 16 Jahre alt, hat mich ein Freund an einem lauen Sommerabend auf seiner Kawasaki von einer Party nach Hause gebracht. Ich fand das so aufregend, hinter ihm auf dieser Maschine zu sitzen, kam mir wie eine echte Rockerbraut vor. Nur mit dem Unterschied, dass ich keine Lederkluft trug, geschweige denn einen Helm, sondern nur ein leichtes Sommerkleid. Meine Güte, wenn Vati, noch dazu aus der Sicht eines Polizeibeamten, das mitbekommen hätte! Er wäre wahrscheinlich vor Schreck aus den Galoschen gekippt und ein Hausarrest wäre mir quasi für immer sicher gewesen. Zu Recht. Was für ein Leichtsinn, so auf einer Maschine ohne ausreichenden Schutz unterwegs zu sein! Ich habe mich gehütet, zuhause darüber auch nur ein Wort zu verlieren. Mir war durchaus bewusst, dass dies alles andere als vernünftig war. Ja mei, man ist in seiner Jugend halt leider auch mal leichtsinnig. Dieser Freund hatte mich jedenfalls in jeder Beziehung wohlbehalten nach Hause gebracht.

Katrin und Gisela Fasching 1969

Rund um den Monopteros

Man plante, zur Ehrung von bayerischen Persönlichkeiten ein Pantheon zu errichten. Der Vorschlag kam von Friedrich Ludwig von Sckell im Jahr 1807. Daraus wurde später der Monopteros.

Der Monopteros selbst entstand im Laufe des 19. Jahrhunderts, hat also vom Vorschlag bis zur Umsetzung noch einige Zeit beansprucht. Im Jahr 1836 war der Monopteros endlich fertiggestellt. Vom Monopteros aus hat man einen wunderbaren Blick auf die Skyline von München und auf imposante Bauten wie die Frauenkirche, die Theatinerkirche und die Ludwigskirche.

Zwischen dem Monopteros und dem japanischen Teehaus liegt die Schönfeldwiese. Diese Wiese wird seit den 1960er Jahren als Bereich für Freikörperkultur genutzt, was natürlich von Anfang an großes Aufsehen und Entsetzen erregte. Hippies und Gammler, wie man das langhaarige Volk nannte, bevölkerten hauptsächlich in den Sommermonaten den Monopteros. Man hörte viel Getrommel und andere mehr oder weniger musikalische Geräusche. Manche Spaziergänger waren davon nicht gerade begeistert! Es erschien auch immer wieder die Polizei, um nach dem Rechten zu sehen.

Im Sommer weilten wir gerne am Eisbach beim kleinen Wasserfall. Dort genossen wir den Schatten der Bäume. Bei heißem Wetter eine Wohltat. Meine Geschwister planschten, als sie noch Kinder waren, gerne in dem erfrischend kalten Wasser herum. Ich selbst wollte das nicht und sah ihnen lieber zu. Man musste schon sehr aufpassen, denn die Steine waren glitschig und man konnte auf ihnen leicht ausrutschen und sich verletzen. Außerdem muss man auf die starke Strömung achten.

Wer hätte je gedacht, dass der Eisbach mal ein solcher Hit für Surfer sein würde. Heutzutage ist das schon selbstverständlich geworden. Auf der Brücke drängen sich viele Zuschauer. Dieses Bild wagemutiger Eisbachsurfer gehört heute zu München wie der Biergarten am Chinesischen Turm.

Entlang des Eisbachs frönte man auf der Schönfeldwiese der Freikörperkultur, von unserer Familie die „Nackerten-Meile" genannt. Meine Mutter empörte sich über die Ungeniertheit, mit der manche Leute ihre Nacktheit dort präsentierten. Die Damen allerdings etwas zurückhaltender als die Männer. Es war für meine Mutter kein ästhetischer Anblick, wenn die männlichen Wesen nackert Ball oder Federball spielten. „Mei, wia schaugt denn des aus!" Mein Vater hatte dafür nur ein leichtes Schmunzeln übrig, wenn er mit Mutter ab und zu beim Spazierengehen die Wiese der Nackerten passierte.

Die Freikörperkultur trieb in den 1970er Jahren auch ansonsten noch besondere Blüten. Aus irgendeinem Grund gab es Leute, in der Regel Männer, die unbedingt nackig im Englischen Garten herumlaufen mussten. Manchmal auch am Chinesischen Turm vorbei oder auch schon mal in Richtung Innenstadt. Sogar in der Straßenbahn Richtung Eisbach begegneten Katrin und ich solch nackten Herren der Schöpfung. Man nannte diese Gilde der Nackerten „Flitzer", weil sie in ihrem Adamskostüm schnell und provozierend an den Leuten vorbeirannten. Ich stelle jetzt mal die Vermutung an, dass sie von der Polizei nicht erwischt werden wollten. Oder es war das Motto ausgeschrieben „nackert und sportlich". Die Zeitungen veröffentlichten hie und da diese besondere Art der Freizeitgestaltung. Mit entsprechendem Foto versteht sich!

Einen besonderen Genuss boten für meine Freundin Katrin und mich in unserer Jugendzeit die romantischen Spaziergänge mit den Jungs in lauen Sommernächten im Englischen Garten. Im Winter, wenn es saukalt war, war die glitzernde Winterlandschaft märchenhaft anzuschauen, und in den starken Armen unserer Beschützer fühlten wir uns vor Wind und Wetter geborgen.

Gisela im Lehel 1975

Am Chinesischen Turm

Viele heitere Stunden verbrachte ich mit meiner Familie und mit Freunden am Chinesischen Turm. Es war sehr angenehm, dass wir nicht weit weg davon wohnten und locker zu Fuß hingehen konnten. Als Kind wollte ich immer gerne bis ganz oben auf den hölzernen Turm steigen. Aber das durfte ich nicht, weil er abgesperrt war. Im ersten Stock des Turms spielte an manchen Nachmittagen und Abenden eine Blasmusik. „Nur die Musiker dürfen da hinauf", erklärte mir mein Papa. „Kleine Mädchen nicht!"

In der Nähe des Turms befindet sich auch der Standort der Pferdekutschen, in denen sich meist Touristen im Englischen Garten herumfahren lassen. Ich bestaunte als Kind die kräftigen Pferde und ich mochte ihren würzigen Geruch. Weniger allerdings die Pferdeäpfel. Meine Freundin Katrin und ich wären gerne mal mit einer Kutsche im Englischen Garten umhergefahren, aber dazu reichte unser Taschengeld bei weitem nicht.

Als Jugendliche gingen meine Freunde und ich im Sommer nach dem Tischtennisspielen oft direkt vom Freizeitheim im Rumfordschlössl zum Chinesischen Turm. War ja auch nicht weit entfernt. Nach den schweißtreibenden sportlichen Aktivitäten haben wir unsere durstigen Kehlen mal mit einer „Russenmaß", mal mit einer richtigen Maß Bier befeuchtet, wir Mädels in der Clique aber eher mit einer Radlermaß, einem Gemisch aus Limo und Bier. Die Brotzeit, die wir selbst mitbrachten, wie es alte Biergartentradition fordert, hat uns dann so richtig geschmeckt.

Ab den 1970er Jahren hat der Metzger Sepp, ein guter Bekannter von uns, am Turm als Schankkellner gearbeitet. Mit viel Fleiß arbeitete er sich nach einiger Zeit zum Chefschankkellner empor. Er war ein echtes Südtiroler „Gwachs" und umgarnte gerne die Damen mit seinem speziellen Charme. Und so versuchte er auch mit Mutti und mit mir zu scharmutzieren. Als junges Mädchen lernte ich ihn zufälligerweise außerhalb unserer gemeinsamen Stammkneipe, der Hammerschmiede, kennen. Ich stand am Maxmonument, von uns scherzhaft „Max-denk-zweimal" genannt, an der Straßenbahnhaltestelle auf dem Weg zu einer Verabredung, als es zu regnen anfing. Der Metzger Sepp stand in meiner Nähe und bot mir an, ganz Kavalier, mich unter seinen Regenschirm zu nehmen. Das nächste Mal sahen wir uns in der Hammerschmiede. Es gab ein großes Hallo. Da er meinen Papa sehr respektierte und uns sehr mochte, versuchte er erst gar nicht, bei mir zu landen. Aber mit der Regenschirm-Geschichte brüstete er sich immer wieder gerne.

Am Chinesischen Turm gibt es auch ein feines Restaurant, wo man besonders gut, aber auch teuer essen kann. Nur selten waren wir da zu Gast drinnen oder saßen im Garten draußen gepflegt bei Kaffee und Kuchen. Es kostete etwas mehr, als wir uns in der Regel leisten konnten. Es war schon immer etwas teurer, einen besonderen Geschmack zu haben.

Nicht weit vom Chinesischen Turm entfernt steht das herrlich altmodische Kinderkarussell. Es wurde im Jahre 1913 aufgestellt und dreht seither seine Runden. Die Jahreszahl weiß ich deshalb so genau, weil meine, inzwischen verstorbene Wunsiedler Oma um diese Zeit geboren wurde. Die hölzernen, kunstvoll bemalten Karussell-Figuren, die einfach Kult sind, sind noch älter als das Karussell selbst, nämlich schon an die 200 Jahre. Die alte Drehorgel im Karussell spielt anheimelnd alte Weisen. Man fühlt sich in eine andere Zeit und Welt versetzt. Ich bin sehr froh, dass es so etwas noch gibt. Als Kind fuhr ich sehr gerne mit dem Karussell, später dann auch meine Tochter.

Im Winter umringt den Chinesischen Turm ein Christkindlmarkt und im Sommer findet immer der traditionelle Kocherlball statt. Bei schönem Wetter muss man geradezu schauen, dass man noch einen Platz ergattert, weil es da natürlich recht zugeht mit den vielen Touristen und Einheimischen.

Es war und ist wirklich wunderbar, unter den alten Kastanienbäumen sitzend Bier und Brotzeit zu genießen. Die schattigen Zweige und Blätter schützen vor der Sommerhitze und das kühle Bier rinnt einem wie Balsam die Kehle runter. Dazu noch eine zünftige Brotzeit und man findet das Leben einfach nur schön. Man glaubt sich im Paradies der Bayern zu befinden.

Giselas erster Schultag 1963

Der Kleinhesseloher See

Der Kleinhesseloher See liegt unmittelbar südlich des Isarrings, der die Hirschau vom südlichen Teil des Englischen Gartens trennt. Er wurde künstlich angelegt und wird durch den Oberstjägermeisterbach, abgezwickt vom Eisbach, gespeist. Es tummeln sich im und um den See jede Menge Enten, Gänse und Schwäne. Gerne beobachte ich das Federvieh, wenn es seinen niedlichen Nachwuchs schützend begleitet.

Im Sommer kann man auf dem See auch Boot fahren. So manch einer meiner Verehrer meiner Jugendzeit schwitzte ordentlich beim Rudern, was ich wiederum sehr genoss. Die Fahrt auf dem See natürlich. Wenn man Hunger und Durst verspürt, ist das Seehaus mit seinem gepflegten Biergarten das richtige Ziel. Da wimmelt es bei schönem Wetter nur so von Leuten, die den Blick auf den See genießen.

Im Winter, wenn es richtig kalt wird, friert der See zu und dann tummeln sich viele Eisläufer darauf, so wie auch ich früher. An manchen Stellen musste man aufpassen, dort wo das Eis dünn wurde oder bucklig war. Man konnte leicht über einen Eisbuckel stürzen oder gar einbrechen. Zum Glück brach ich nie in den See ein. Ich fiel auch nicht allzu oft auf die Nase.

Eine besondere Kneipe

Ich habe meinen 18. Geburtstag und zwei Jahre später unsere Hochzeit dort gefeiert. Zwei spezielle Ereignisse in meinem Leben, die mich mit der Hammerschmiede eng verbinden.

Die Hammerschmiede war ein sehr volkstümliches Lokal fast so, wie in dem Lied „Die kleine Kneipe in unserer Straße" beschrieben. Eine richtige Vorstadtkneipe wie sie hätte nicht echter sein können.

Es gab viele Originale im Lehel, zum Beispiel den „Feierwehr-Franze", den „Metzger Sepp", den Jake und den Osram. Der wurde so genannt, weil er immer ein knallrotes Gesicht hatte und förmlich leuchtete vom dauerhaft großen Zuspruch zum Wein. Diese Münchner Urgesteine waren als Stammgäste wie viele andere Leute hauptsächlich in der Hammerschmiede anzutreffen. Darunter auch mein Vater mit seiner Quetschn. Mittlerweile sind sie alle längst von uns gegangen. Nur der Metzger Sepp hat alle überlebt.

In dieser urbayerischen Kneipe gab es auch einen zünftigen Stammtisch und die Zunft der Kartler. Die traf sich regelmäßig zum Schafkopfen. Dabei wurde sauber geschimpft und gelästert. „Herrgott sakra, hot der scho wieder gwunna, der Duslbruader der elendige!" Der bayerische Dialekt war in diesem Lokal noch Amtssprache.

Die Wirtsleute Resi und Hermann und genauso deren Tochter Renate waren noch recht griabige Leut und sprachen gerne mal ihrem selbst gebrannten Schnapserl zu, nicht ohne die eine oder andere Runde zu spendieren. Sie hatten auch einen Dackel, den Wastl, der sich im Lokal breit machte und sich so heimisch fühlte, dass er doch tatsächlich einmal unter dem Tisch sein großes Geschäft verrichtete. Hätte es nicht so fürchterlich gestunken, wir hätten es gar nicht gemerkt. Der Wirtin war das sehr peinlich, aber alle haben es überlebt.

Eine Musikbox hatte auch ihren Stammplatz in der Stube. So manch einer hat da a Fuchzgerl oder a Markl in die Box geworfen und nicht nur sich, sondern auch die anderen Gäste mit dem Gedudel mehr oder weniger erfreut.

Nachdem die alte Wirtschaft gegenüber geschlossen worden war, wurde die Hammerschmiede an der Ecke zur Emil-Riedel-Straße unsere Stammwirtschaft. Mama und Papa gingen mit uns Kindern gern dorthin. Als ich älter wurde, war ich mit meinen Freunden dort Gast. Natürlich haben wir alle Festivitäten mitgefeiert.

Meine Familie trug echt dazu bei, dass in unserem Viertel in einigen Wirtschaften Leben in die Bude kam. Wir haben fetzige Feiern veranstaltet, wenn mein Vater, meine Schwester Sigrid und ein Kollege von Papa, der Seppi, aufspielten. Der Papa spielte auf der diatonischen Harmonika, meine Schwester E-Gitarre und Seppi schlug kräftig in die Bassgitarre. Hin und wieder kam auch mein Cousin Gustl mit der E-Gitarre dazu, und dann ging wirklich die Post ab.

Wenn es sich ergab, war ich als Sängerin mit dabei und auch Sigrid. Zusammen sangen wir „wia die Zeiserl". Unser Papa gab bei flotten Liedern den Rhythmus mit einer Schelle vor, dass es nur so schepperte. Gespielt und gesungen wurde alles vom Volkstümlichen bis zu Schlagern, Country und Rock 'n' Roll. Unser Jake mochte das Lied „Dschingis Khan" so gern, dass er vor lauter Begeisterung einen Sektkübel oder auch mal einen Eimer auf seinen Kopf setzte, das Schepperl in die Hand nahm und damit den Takt der Musik vorgebend kräftig, was das Zeug hielt, schlug.

Die Hammerschmiede war Heimat vieler wunderbarer und feuchtfröhlicher Faschingsfeiern mit Stammgästen, unserer Familie, Verwandtschaft und sonstigem lustigen Volk. Auch zu Weihnachts- und Silvesterfeiern sagten sich viele Gäste an. Selbstverständlich wurden auch runde Geburtstage und Jubiläen gebührend gefeiert. Immer musikalisch begleitet von der Kapelle „Rausch und Hupfauf", auch als Lehel-Trio bekannt.

Bei der Jubiläumsfeier meiner Tante Luise Anfang der 1980er Jahre, die ihre 25-jährige Firmenzugehörigkeit in der Hammerschmiede feierte, gab es ein Buffet mit einem warmen Leberkäs. Die Stimmung war so ausgelassen, dass der Leberkäs wie von selbst auf den Boden fiel. Unter dem Beifall der Gäste legte die Wirtin völlig unbekümmert selbigen wieder auf das Tablett zurück. Es hat wirklich niemanden gestört.

Einmal hatte ich es doch tatsächlich geschafft, im Eifer des Gefechtes beim Tanzen meinem Vater ein blaues Auge zu schlagen. Meine Schwester Sigrid, mein Cousin Gustl und der Sepp, ein jüngerer Kollege meines Vaters, spielten gerade ein paar rockige Musikstücke. Vati und ich tanzten schwungvoll miteinander Rock 'n' Roll. Und weil ich auf hohen Haken tanzte, war ich fast so groß wie mein Papa. Als er mich plötzlich voller Elan herumwirbelte, traf ihn mein Ellbogen hart am Auge. Ich war selbst erschrocken. Man konnte direkt zusehen, wie der Bereich um das Auge anschwoll und sich blau verfärbte. Mein armer Papa! Er hat mir den unfreiwilligen Schlag nicht übelgenommen und spielte danach heldenhaft tapfer und unverdrossen auf seiner Quetschn weiter. Der Abend war nach wie vor lustig, auch für ihn. Die Wirtin Resi kam sofort nach dem Anschlag mit einem kalten Schnitzel und legte es ihm über das Auge. Wir alle fanden das sehr lustig. Eine Weile musste Papa mit einem blauen Auge rumlaufen, das ihm seine eigene Tochter beigebracht hatte. Er nahms mit Humor.

Und da gab es noch eine besondere Faschingsfeier in der Hammerschmiede. Am Faschingsdienstag wurde traditionsgemäß der Fasching beerdigt. Vier Leute schleppten einen umgedrehten Tisch, den sie je an einem Tischbein gepackt hatten, feierlich in die Wirtschaft. In dem Tisch lag unverkennbar eine zugedeckte Person. Als es kurz vor Mitternacht so weit war, den Fasching zu Grabe zu tragen, wurde der Jake, welcher wie alle Feiernden schon ordentlich getankt hatte, mit dem Aufsagen der Beschwörungsformel betraut. Dazu schüttete er großzügig Bier auf die Decke der Faschingsleiche. Als der Jake die Decke wegzog, hat es ihn beim Anblick der Leiche fast umgehauen. Unter der Decke lag auf dem umgedrehten Tisch pudelnackert, den Kopf auf ein Kissen gebettet, doch tatsächlich Lilly, eine der weiblichen Faschingsgäste. Sie strahlte den Jake wie ein Honigkuchenpferd an. Ihre gute Laune war bestimmt nicht vom vielen „Tee" gekommen, den sie literweise intus hatte. Der Auftritt passte zu ihr, galt sie doch schon immer als ein wenig sehr extravagant. Während sie sich ob ihrer Nacktheit nichts dachte, ging dem guten Jake das doch entschieden zu weit. Er warf ihr schnell die Decke wieder über den nackten und bierfeuchten Körper. Über Langeweile konnte man sich in unserer Stammkneipe bestimmt nie beklagen.

Ein weiteres Highlight in den 1980er Jahren war in unserem Stammlokal der Auftritt der damaligen Helmut-Högl-Band, auch als „Die Münchner" bekannt. Helmut Högl war mit den Wirtsleuten befreundet und trat deshalb in dieser kleinen Vorstadtwirtschaft für die Stammgäste und sonstige Hereingeschneite immer mal wieder gerne auf. Die Band nahm in dem nicht sehr großen Gastraum sehr viel Platz ein. Die Bude war brechend voll und hat im wahrsten Sinne des Wortes schon gewackelt. So großartig war die Stimmung, die natürlich nicht zuletzt der pfundigen Musik und auch ein paar lustigen Darbietungen zu verdanken war.

Die Hammerschmiede, unsere gute alte Kneipe, war schon wirklich was ganz Besonderes. Mit besonderen Menschen, voller Lebensfreude, die gerne mal Fünf gerade sein ließen. So etwas gibt es heutzutage nicht mehr.

Schon vor langer Zeit wurde die Hammerschmiede nach dem Tod der Wirtsleute geschlossen. Danach wurde ein russisches Lokal daraus oder vielmehr ein Restaurant mit russischem Touch und Ambiente. Meine Eltern waren davon nicht sehr angetan. Für mich aber ging damit eine wunderbare Zeit der Gemütlichkeit, der Ausgelassenheit und Lebensfreude zu Ende.

Silvester in der Hammerschmiede 1982

Das Prinze

Das für uns nächstgelegene Freibad war das Prinzregentenstadion. Bei uns hieß es nur das „Prinze". Es war von unserem
Standort aus gut zu Fuß an der Isar entlang und über den
Friedensengel erreichbar. Wir waren dort im Sommer oft beim
Baden, vor allem als Katrin und ich Teenager waren. Natürlich
war es an heißen Tagen immer recht voll, aber wir genossen
dennoch die Badefreuden in vollen Zügen. Von Freunden
oder solchen, die es werden wollten, wurden wir ab und zu ins
Wasser geschmissen. Katrin und ich rächten uns damit, dass
wir den Missetätern, wenn sie sich am Beckenrand sonnten,
jeweils zwei große Becher mit kaltem Wasser über ihre von
der Sonne gebratenen Körper gossen. Wir flüchteten darauf
hin und kicherten in unsere Hände. An einem sicheren Ort
natürlich. Hinterher war aber alles wieder okay.

Im Prinzregentenstadion konnte man auch Tischtennis
spielen. Allerdings handelte man sich, wenn es recht heiß war,
leicht einen Sonnenbrand oder gar einen Sonnenstich ein,
denn die Tischtennisplatten standen wirklich voll in der Sonne.

Im Winter verwandelte sich das „Prinze", wie es liebevoll
von uns genannt wurde, in eine Eislaufbahn. Auch da tummel-
te sich immer viel Volk. Wir jungen Mädchen amüsierten uns
gar köstlich. Wir wurden mit Vorliebe von den Jungs angerempelt, was quasi zum männlichen Balzverhalten gehörte und
uns sehr viel Spaß bereitete. Nicht unbedingt das Anrempeln,
aber dass man dann miteinander fuhr und flirtete.

Schuljahre

In den 1960er Jahren besuchte ich die St. Anna-Schule, die damals noch Volksschule genannt wurde. Im zweiten Weltkrieg war die Schule halb zerstört und später abgerissen worden. Von 1954 bis 1955 baute man eine neue Schule an gleicher Stelle und die steht bis heute unverändert.

Einige Jahrzehnte vor meinem Schuleintritt hatte die St.-Anna-Schule eine sehr berühmte Schülerin. Es war Therese Giehse. Sie besuchte die Schule vor dem ersten Weltkrieg. Ob sie damals schon ahnte, dass sie eines Tages eine berühmte Schauspielerin werden würde?

Mein Schulweg führte von der Lerchenfeldstraße am Englischen Garten entlang, über die schon damals belebte Prinzregentenstraße in Richtung St. Anna-Straße. Die Schule befand sich direkt neben der Pfarrkirche.

Ich blieb bis zur achten Klasse auf der Anna-Schule, dann wurde die Schule in eine Grundschule umgewandelt und wir Schüler in alle Winde verstreut. Einige von uns waren schon etwas älter und verließen die Schule, um einen Beruf zu erlernen.

Mein Weg führte mich in die Stuntz-Schule nach Bogenhausen, in der ich die neunte Klasse besuchte. Ich musste mit dem Bus fahren, weil der Schulweg zu weit gewesen wäre, um ihn zu Fuß zurückzulegen.

Für die anderen Fahrgäste im Bus war es bestimmt nicht immer ein Vergnügen, uns Schüler auf dem Weg zur Schule und zurück zu erleben. Nicht dass wir uns recht unflätig aufgeführt hätten, aber etwas lebhaft unterhalten haben wir uns schon.

An meinen ersten Schultag im September 1963 kann ich mich noch dunkel erinnern. Wir hielten alle unsere Schultüten in den Armen und waren gespannt, endlich zu erfahren, was da wohl drin sein könnte.

Der Zufall wollte es, dass ich in der Schulbank auf dem freien Platz neben Katrin zu sitzen kam. Dass sich daraus eine lebenslange Freundschaft entwickeln würde, hatten wir beide nicht geahnt. Bis heute sind wir beste Freundinnen.

Auf die großen Ferien nach der ersten Klasse habe ich mich wie alle Schülerinnen und Schüler sehr gefreut. Aber kaum gingen die Sommerferien an, da erkrankte ich an Masern, und zwar schwer. Eine Schutzimpfung gegen diese Krankheit gab es damals noch nicht, auch nicht gegen Röteln und Mumps.

Mit hohem Fieber und einem Ausschlag am ganzen Körper lag ich im Bett. Der Kinderarzt kam mehrmals zu uns nach Hause. Nach vier endlosen Wochen war ich wieder gesund. Die Masern sind nicht nur eine unangenehme, sondern auch eine gefährliche Krankheit. Ich habe meine Tochter dagegen impfen lassen.

An den Kinderarzt kann ich mich noch sehr gut erinnern. Er war ein ausgesprochen gutaussehendes und stattliches Mannsbild. Er gefiel nicht nur mir, sondern auch meiner Mutter sehr gut und sie meinte, dass er sie an den Schauspieler Omar Sharif erinnere. Sie hatte den Film „Doktor Schiwago" im Kino gesehen und von dem schönen Schauspieler aus Ägypten geradezu geschwärmt, so wie ich später auch. Ich fand, dass meine Mutter mit ihrer Einschätzung recht hatte. Mein Kinderarzt stand an männlicher Schönheit dem russischen Doktor in keiner Weise hintenan.

In der Schule waren wir damals in einer sogenannten Gemeinschaftsklasse zusammen, was nicht bedeutete, dass wir eine gemischte Klasse von Mädel und Buben waren, sondern dass in unserer Klasse hauptsächlich evangelische Kinder saßen und auch ein paar katholische.

Worauf wir uns immer besonders freuten, waren die Pausen. Die sogenannte große Pause dauerte 20 Minuten. Wenn das Wetter schön war, durften wir auf den Schulhof. Es gab auch noch die Schulspeisung, die aus Milch oder Kakao und Semmeln oder Brezen bestand. Ich bestellte mir immer einen Kakao und eine Brezn, weil mir das am besten schmeckte. Es kostete wenig und für bedürftige Schüler war das Pausenbrot sogar umsonst.

Die Pause wurde von uns Mädchen gerne dazu genutzt, Gummi-Twist zu spielen. Ein Gummiband wurde um die Füße von zwei Mitspielerinnen gespannt, die etwa hüftbreit auseinanderstanden. Eine dritte Spielerin hüpfte in der Mitte. Machte die Hüpfende einen Fehler, kam die nächste an die Reihe. Beim Twist gab es sogenannte Stockwerke: Man fing mit dem Gummi bei den Knöcheln an und arbeitete sich hinauf bis zum Hals. Zwei Mädchen spannten schließlich den Gummi mit dem Nacken und das dritte Mädchen, das nun an der Reihe war, versuchte durch den Gummi zu steigen. Das war grotesk anzuschauen, hat aber Riesenspaß gemacht.

Besonders gern waren wir am Faschingsdienstag in der Schule. Wir durften maskiert in die Schule kommen und in der Klasse Fasching feiern. „Ois wos gehst denn Du", war die häufigste Frage in der Faschingszeit. Wir verkleideten uns mehr oder weniger fantasievoll als Cowboy, Indianer, Prinzessin, Piraten, Gänseliesel, Ritter, Zigeunerin oder Clown.

In der zweiten Klasse zog ich zum Fasching das schöne gelbe Cocktailkleid meiner Tante Rosemarie aus Wunsiedel an. Mit einem Krönchen auf dem Kopf schwebte ich als Prinzessin geradezu in das Klassenzimmer. Ich fand mich wunderschön und in meiner Fantasie war ich schon wieder im Dornröschenschloss, um von einem edlen Prinzen wachgeküsst zu werden. Am Aschermittwoch holte uns der Schulalltag wieder ein.

Ab der dritten Klasse durften wir einen Füllfederhalter zum Schreiben benutzen. Weil wir damals neben der lateinischen auch noch die „deutsche Schrift" lernen mussten, waren Tinte und Feder noch im Einsatz. Wir übten uns damit auch im Schönschreiben. Damals hatte ich tatsächlich, im Gegensatz zu heute, noch eine ordentliche Schrift aufzuweisen. Da gab es sogar noch eine extra Note für Schönschreiben im Zeugnis. Bei mir war ein „sehr gut" eingetragen.

Große Begeisterung zeigten wir Mädels für unsere Poesiealben. Wir tauschten sie aus, trugen hübsche Verse ein und malten oder klebten dazu Blümchen-, Engel- oder Elfen-Aufkleber ein. Auch so manche Lehrkraft hat sich in dieses Album eingetragen.

Mein Poesiealbum habe ich heute noch und ich muss immer lachen, wenn ich den Vers meines Vaters lese und seine Zeichnung dazu betrachte. Sie soll einen Seehund darstellen. Mein Vater konnte so gar nicht zeichnen und dieses mangelnde Talent hat er mir vererbt.

Ein Seehund saß am Meeresstrand.
er wischte sich das Maul im Sand.
Oh möchte doch Dein Herz stets rein,
wie diese Seehundschnauze sein!

Ich habe keine Ahnung, woher er diesen Vers hatte. Typisch mein Papa, der immer für einen Spaß zu haben war.

Eines meiner liebsten Fächer war das Turnen. Am tollsten war es für mich, wenn wir Ballspiele wie Völkerball oder Brennball spielen durften. Übrigens waren damals die Mädchen und Buben beim Turnunterricht streng getrennt.

Was mich besonders ärgerte, war die Tatsache, dass ich als Mädchen in den Handarbeitsunterricht gehen musste, während die Buben das Fach „Werken" hatten. Ich habe immer furchtbar lange gebraucht, bis ich mit meiner Handarbeit fertig war, eben weil ich es so ungern tat. Das Einzige, was mir etwas Spaß machte, waren Sticken und Häkeln. Das Stricken war mir spätestens verleidet, als wir mal Socken für uns stricken mussten. Diese Dinger aus roter Wolle habe ich so groß gestrickt, dass sie meinem Vater passten, aber nicht mir.

Auch Nähen war mir ein Graus. Ich bekam auf der Nähmaschine keine gerade Naht zustande. In das Nachthemd, das ich in der siebten Klasse anfertigen musste, konnte man mich mindestens zweimal einwickeln. In der neunten Klasse habe ich dann gestreikt und ich wechselte gern und freiwillig zu „Technisch Zeichnen". Dazu war ich zwar auch nicht so begabt, aber ich bekam das besser hin als meine Handarbeiten. Dafür aber war ich in Musik sehr gut. Ich konnte sehr gut singen und bis heute macht mir Singen großen Spaß. Nicht nur in der Badewanne.

Nach der vierten Klasse wurde unsere Klassengemeinschaft das erste Mal getrennt; denn einige von uns wechselten auf das Gymnasium.

Schulwechsel

Ab der neunten Klasse wurde unsere Klassengemeinschaft erneut getrennt, weil die St.-Anna-Schule in eine Grundschule umgewandelt wurde. Volksschule war nun hiermit passé. Je nach Standort der Wohnung im Lehel wurden wir auf zwei verschiedene Schulen verteilt. Mit ein paar anderen Mitschülern wechselte ich in die Stuntz-Schule. Es war unser letztes Schuljahr.

Weil im Hauptgebäude der Stuntz-Schule der Platz für die beiden neunten Klassen nicht ausreichte, wurde für uns ein eigener Pavillon auf dem Schulgelände bereitgestellt.

Wir bekamen einen sehr netten und noch recht jungen Lehrer. Er war damals kaum 30 Jahre alt. Uns Mädchen hat das natürlich gefallen. Wir waren eine gemischte Klasse, diesmal mit Mädchen und Jungen, was naturgemäß zur Folge hatte, dass es Schwärmereien zwischen den Mädels und Jungs gab.

So schwärmte auch ich – und das beruhte auf Gegenseitigkeit – für einen sehr netten Mitschüler, den Peter. Leider waren wir beide dermaßen schüchtern, dass nichts aus unserer heimlichen Zuneigung wurde.

Mit Vierzehn wurde ich von einer Mitschülerin, der Lisi, zu meiner ersten Party im Leben eingeladen. Sie feierte ihren Geburtstag. Und es waren auch Jungs mit dabei. Da bekam ich dann mein erstes Küsschen, während andere auf dieser Party im Gegensatz zu mir schon richtig rumknutschten. Dafür war ich viel zu schüchtern.

Natürlich haben wir in der Schule auch etwas gelernt. Mit Ausnahme von Mathe und Physik hat es mir in der Schule sogar gefallen. Trotzdem haben wir während des Unterrichts ab und zu geflüstert. Wir zeigten zum Leidwesen des Lehrers nicht immer die erforderliche Aufmerksamkeit.

Als mich ein Unterrichtsthema mal wieder so gar nicht interessierte, entging unserem Lehrer nicht, dass ich mit meinen Gedanken ganz woanders war. Also sprach er mich an und forderte mich auf, auf seine Frage zu antworten. Leider wusste ich keine passende Antwort. Ich stammelte nur: „Was ist?"

Dazu meinte er, ich wüsste doch ganz bestimmt den neuesten Schlager.

Schlagfertig antwortete ich ihm, ohne lange zu überlegen: „Hab ich Dir heute schon gesagt, dass ich Dich liebe?" Es war ein Lied von Chris Roberts.

Auf so eine Antwort war unser junger Herr Lehrer nicht gefasst und er wurde rot im Gesicht wie ein Truthahn. Es war ihm schon klar, dass der Titel eines Schlagers gemeint war, aber es hörte sich aus dem Mund einer Schülerin halt doch etwas zweideutig an. Damit hatte er nicht gerechnet. Ich lief mindestens ebenso rot an wie er. Die ganze Klasse amüsierte sich köstlich darüber.

Unser vielgeliebter, junger Lehrer war noch nicht lange verheiratet. Er hatte einen kleinen Sohn von etwa einem Jahr. Wenn wir ihn von irgendeiner, für uns unangenehmen Ausfragerei oder Ähnlichem ablenken wollten, fragten wir scheinheilig nach seinem Sohn. Und sofort war er mittendrin im Erzählen, was der Kleine so alles machte und konnte. Die Zeit verging dabei wie im Flug und schon läutete es zur Pause. So drückten wir uns geschickt um das Ausfragen.

Da dies unsere letzte Klasse vor dem Eintritt in das Berufsleben war, wurde es uns ab und zu auch schon etwas mulmig zumute. Mit Wehmut stellten wir fest, dass ein wichtiger Abschnitt unseres Lebens zu Ende ging und ein vollkommen neuer und unbekannter Abschnitt beginnen sollte.

Wir erlebten zum Schulschluss noch eine richtig schöne Abschiedsparty, die unsere Schule für uns veranstaltete.

Außerdem wurde der sogenannte „Schlusspfiff", eine Schulzeitung, verfasst, den ich heute noch besitze. Ein Ausschnitt daraus zeigt die Sichtweise der damaligen Lehrkräfte im Schuljahr 1971/72 auf uns Schülerinnen und Schüler der neunten Klasse. Und auch eine Schilderung der Lehrkräfte unsererseits:

Die Sicht der Lehrer

Für unsere beiden neunten Klassen und einige Altmitglieder aus dem Club der Schulbankpolierer ist endlich der ersehnte letzte Schultag erreicht, also auch die Zeit für uns Lehrer, Rückschau zu halten.

Zugegeben, erinnert man sich etwa an den Abschied des Herrn Schmidt in den Adventstagen 1970 von seiner 8a, der jetzigen 9a, (die Zaubergeige des geliebten Meisters Schmidt brachte Tränenbächlein zum Fließen) und betrachtet man die gleichen jungen Damen heute in Aktion, so ist eine eingetretene Reife unbedingt zu bescheinigen. Man ist damenhafter geworden, die jungen Herren fallen nicht mehr vom Stuhl und man hat gelernt, seine Forderungen zu stellen.

Die Formen der Demonstration wurden verfeinert zu einer Art von stillen Streik- und Schlafstunden bei offenen Augen und geschlossenem Ohr. Jeder Zeit munter dagegen wurden die „Senioren" stets bei heißer Musik aus dem Plattenspieler, aus Radios und Kassetten-Rekordern.

Wenn Hefte und Materialien auch so eifrig zur Schule gebracht worden wären, wie die Musikquellen, hätten die Lehrer ihre Freude haben müssen!

Auch bei schulischen Fußballspielen brach das Temperament der jungen Herren so durch, dass von namhafter Stelle der Schule die Frage an Euch gerichtet wird, ob Ihr wegen der enormen sportlichen Leistungen nicht als „Sportverein Stuntz 1972 e.V." weitermachen wollt.

Denkt man in diesem Zusammenhang allerdings an die Bemühungen unserer Sportlehrkräfte und die Teilnahme am Turnen, um Ablegung gewisser Leibesübungen, so müsste in diesem Verein schon als neue Disziplin die Sparte „Umziehen", sprich Wechsel der Straßenkleidung mit dem Sportdress eingeführt werden (gemeint sind hier die Damen!).

„Oft habe ich nur gefleht, bitte zieht euch aus", erinnert sich Fräulein Arndt, ergänzt aber gleich, „aber sonst sind die jungen Leut aus der Neunten prima!"

Nun, das finden die anderen Lehrkräfte auch und wollen deshalb Eure Zigaretten-Qualmereien auf den Klos der Schule nicht weiter erwähnen, sondern als menschliche Schwäche abtun.

Die Frage beschäftigt uns sehr: Wird nach Schulentlassung Euer „Wochenendhäuschen" an der Bushaltestelle verwaist sein? Oder habt Ihr die Achtklassler schon in Ruhestörung eingewiesen?

Die Bogenhausener Bürger wären über das Ausbleiben der „Stuntzler" sicher bedrückt.

Sie fanden es so reizvoll, über Flaschen, Kippen und langgestreckte Beine zum Telefon zu stelzen. Ganz sicher entbehren sie auch Eure Musik, Euer stilles Gespräch und die hübschen Szenen öffentlichen Bushaltestellenhäuschenflirts.

Zieht man insgesamt Bilanz, so müsste man zum Schuljahr 1971/72 der neunten Klasse sagen: Tendenz „mühsam". Diese Einstellung ist verständlich, wenn man weiß, wie tüchtig man sich mit 15 Jahren schon fühlt. Dass es doch noch Leute gibt, die es besser und noch mehr wissen, wird die Zukunft lehren.

Viel Glück also für Euren Lebensweg. Und nun hat die „Gegenpartei" das Wort.

Die Sicht der Schüler

Am 14. September 1971 kamen aus vielen Richtungen wir Schüler gelaufen und bildeten als Abgangsschüler zwei große bunte Haufen. Ca. 24 Schüler wurden je zu einer Klasse vereint.

Frau Merz erwies sich dabei als gute Fee,
als entstanden sind 9a und 9b.

Herr Hornung unser Schulhausmeister hatte damals doch glatt vergessen, unsere Klassenzimmer aufzuheizen. Wir froren, als wäre es bitterer Winter, denn wir waren sehr sommerlich gekleidet.

Am nächsten Tage, Gott sei Dank,
war schon wärmer unsere Bank.

Wir machten mehrere Betriebsbesichtigungen; z.B. gingen wir Mädchen zu Konen und die Buben zu Kugel Fischer und gemischt traten wir bei Rhode und Schwarz auf. Letzteres hat uns, glauben wir, am besten gefallen. Trotz einiger besonderer Vorkommnisse, wie z.B. eine verschwundene Sprühdose, waren wir alle guter Dinge. Am besten hat uns das kostenlose Mittagessen geschmeckt, welches uns die Firma Rhode und Schwarz spendierte (einem geschenkten Gaul schaut man nicht ins Maul!).

Auch für die Kultur haben wir etwas getan. So erfreute sich ein Teil von uns am Abend im Theater und in der Oper. Und im Theater der Jugend haben wir erfahren: „BESSER KEINE SCHULE ALS!"

Vom Symphoniekonzert im Deutschen Museum, welches jedem von uns 50 Pfennig kostete, waren nur wenige begeistert.

Mit Frau Kugler besuchten wir das Spastiker-Zentrum in München. Das Leiden der Kinder zu sehen, machte uns traurig und betroffen, doch als wir die Heimfahrt antraten, wurde unsere Stimmung wieder aufgeheitert. Frau Kugler war das ganze Jahr fleißig dabei, uns für das spätere Leben vorzubereiten. Was ihr wohl sicher gelungen ist.

Auch einen Schulausflug unternahmen wir. Er führte zwar nicht weit, aber er war oho! Und so kam es, dass wir mit der Straßenbahn nach Grünwald fuhren. Natürlich haben nicht alle bezahlt! Wozu auch, in die vollgestopften Verkehrsmittel hätte sich damals kein Kontrolleur gewagt. Denn er hätte die Straßenbahn kaum ohne blaue Flecken wieder verlassen können.

Auf dem Hinweg verliefen sich manche, doch sie haben sich mit ein paar Zügen an der Zigarette getröstet. Schließlich war ja auch keine Lehrkraft in Sicht, welcher ihnen das Rauchen verbieten hätte können.

Trotz der Ermahnungen unseres Lehrers
konnten es manche Jungs nicht lassen
und tranken aus ihr Bier in großen Massen.

Aber auf dem Heimweg wirkte es sich aus und viele mussten eilig den Bus verlassen.

Mittlerweile war die Hälfte des Schuljahres um und manche von uns arbeiteten fleißiger und besser, um ein einigermaßen gutes Zeugnis zu bekommen. Am 1. Februar aber wurden wir lange hingehalten, bis wir unser Notenblatt bekamen, indem wir erst eine Ausstellung über Umweltschutz besuchten.

Viele Filme wurden uns im Laufe der Zeit gezeigt. Manche waren lustig und lehrreich zugleich.

In den Pausen um 10.15 Uhr war es um das Klassenzimmer der 9 b geschehen. Hier bewarfen sich die Jungs aus 9 a und 9 b mit dem Klavierkissen. Viele flogen dabei vom Stuhl und es entstand dabei manche Keilerei. Aber als besonders reizvoll erwies sich das Klavier, kaum eine freie Minute verging ohne, dass irgendjemand darauf rumhämmerte.

Wir wurden auch von einer Gärtnerei, welche für die Grünanlagen auf dem Olympiagelände verantwortlich war, zu einer Besichtigungsfahrt eingeladen.

Doch all die ausführlichen Erklärungen
der netten Herren waren vergessen,
als wir Limonade und Brezen bekamen zu essen.

Auch super war dann anschließend das Mittagessen im Ayinger Bräu, das aus einem riesig großen Hendl bestand, welches wir kaum zwangen.

Doch nun ist dies leider alles vorbei
und wann können wir schon leben wieder so frei?
Nun sagen wir der Schule auf Wiedersehen
und werden dann alle unsere Berufswege gehen!

Für meinen Vater war es damals schon klar, dass ich nach der neunten Klasse arbeiten gehen sollte, und zwar zur Stadtverwaltung München. Er war der Auffassung, dass ich eh einmal heiraten würde. Die Schulbildung bis zur neunten Klasse reichte also in seinen Augen. Das war nun nicht gerade eine gute Einstellung. Aber was hatte ich da schon dagegenzuhalten? Außerdem sollte ich ohnehin baldmöglichst zu arbeiten anfangen, damit auch ich endlich meinen finanziellen Beitrag für die Familie leisten konnte.

Dennoch bin ich ihm im Nachhinein dankbar, dass er mir den Weg in die Stadtverwaltung München wies. Seine Aussage, die wir Geschwister bis heute nicht vergessen haben, lautete stets: „Kinder, geht zur Stadt oder zum Staat. Da kriegt's euer Geld, ob's regnet oder schneit, und das Arbeitsamt seht ihr nur von außen."

Und er hatte wirklich recht damit, wenn man feststellt, was auf dem Arbeitsmarkt in der freien Wirtschaft heute los ist. Firmenpleiten, Kurzarbeit, Entlassungen zuhauf.

In der Stuntz-Schule machte ich 1972 den qualifizierten Hauptschulabschluss, den es damals Gott sei Dank schon gab, und begann bereits im September desselben Jahres meine Ausbildung bei der Stadtverwaltung München.

Fromme Kinder

Meine Freundin Katrin und ich sowie ein paar andere Mädchen und Buben mussten in der Volkschule zum Religionsunterricht in eine andere Klasse gehen. Und das war eine reine Jungenklasse. Wir paar Mädchen kamen uns altersbedingt schon ein wenig deplatziert vor. Was uns allerdings bei Laune hielt, war die Tatsache, dass wir Mädchen, weil wir uns im Vergleich zu den Jungs doch etwas anständiger aufführten, des Öfteren von unseren Religionslehrern gelobt wurden.

Damals wurden wir noch von Gemeindepfarrern unterrichtet. An den Pater, den wir in der vierten Klasse hatten, erinnern Katrin und ich uns bis heute, weil er uns so gut gefiel. Er glich dem Ebenbild des Heiligen Antonius mit der Lilie der Keuschheit auf dem Seitenaltar unserer Kirche. Ihm zuliebe sind wir auch jeden Sonntag zum Gottesdienst gegangen und haben uns beim Religionsunterricht möglichst weit vorne hingesetzt, damit er uns auch wirklich erblicken konnte. Im Religionsunterricht hat er uns Mädchen ganz besonders gelobt, weil wir so eifrige Kirchgänger waren.

Mit neun Jahren feierten wir unsere Erste Heilige Kommunion in der Pfarrkirche St.-Anna. Wir besuchten damals die dritte Klasse. Bevor wir jedoch an den Tisch des Herrn treten durften, mussten wir die Beichte ablegen. Wir standen schön brav vor den Beichtstühlen in der Kirche an und als einer der kleinen Sünder vor uns, ausgestattet mit einer Buße von einem oder zwei Vaterunsern oder je nach Sündenlast auch mehreren, die zu beten einem auferlegt wurden, aus dem Beichtstuhl rauskam, wurde flüsternd gefragt: „Wos host du denn g'beicht? I woaß ned recht, wos i song soll."

Ich gebe zu, wir haben im Beichtstuhl irgendwas zusammengeschwindelt, so ein paar kleine Sünden, die uns eingefallen sind, wie wir den Eltern einmal nicht gehorcht hatten und ähnliches. Wir hatten aber so gar kein schlechtes Gewissen dabei.

Zur Kommunionfeier kamen die Mädchen in weißen Kleidern und Haarkränzchen und die Buben in dunklen Anzügen in die Kirche. Es war alles sehr feierlich und wir waren ehrlichen Herzens voller guter Vorsätze.

Es war ein aufregender Tag für mich. Meine Eltern fuhren zusammen mit mir und meiner Tante Luise, der älteren Schwester meines Papas, und ihrem Mann, dem Onkel Werner, nach Bad Reichenhall. Allerdings nutzten meine Eltern und Onkel Werner den Aufenthalt dort für einen kurzen Besuch der Spielbank. Tante Luise und ich saßen derweil in einem Café, in dem ich einen riesigen Becher mit viel Eis verdrückte. Nach dem Spielbankbesuch gingen wir alle zusammen noch ein wenig spazieren. Ich fand, es war ein ganz besonders schöner Kommuniontag, alleine schon wegen der Geschenke, einem Gebetbuch und einem Rosenkranz.

In der siebten Klasse, im April 1970, erhielt ich die Heilige Firmung. Damals war es noch üblich, dass die Buben in der Kirche auf der rechten Seite des Mittelganges saßen und die Mädchen auf der linken, streng getrennt.

Die Firmung war für mich ein eher aufregendes Ereignis. Ich durfte mir meine Firmpatin selbst aussuchen und dazu erwählte ich die Tante Anni. Zusammen mit Onkel Walter haben wir auf meinen Wunsch hin eine Schlösserfahrt unternommen. Ich fühlte mich bereits damals zu Schlössern hingezogen und wandelte darin in meiner Fantasie als Prinzessin auf und ab. Bei diesem Ausflug standen das Schloss Neuschwanstein und das Schloss Linderhof auf dem Programm. Mehr schafften wir nicht an diesem Tag, weil wir am späten Nachmittag zurück zur eigentlichen Firmung in der Kirche sein mussten.

Natürlich bekam ich von meiner Firmpatin traditionsgemäß meine erste Armbanduhr geschenkt. Auf die hatte ich mich schon lange vorher gefreut. Ich habe sie viele Jahre mit Stolz getragen, bis sie eines Tages kaputtging und nicht mehr zu richten war. Das tragische Schicksal so mancher Firmungsuhr.

Olympiade 1972

Olympiade in München

Bei der Eröffnungsfeier der Olympiade 1972 mitmachen zu dürfen, betrachte ich bis heute als eine große Ehre und dieses Erlebnis gehört zu meinen aufregendsten und außergewöhnlichsten Ereignissen in meinem Leben.

Die Münchner Bürger und ihr Oberbürgermeister Hans-Jochen Vogel samt sonstiger Honoratioren waren mit Stolz erfüllt, als die Entscheidung für die Olympiade 1972 auf München fiel.

Die Münchner Schulen waren schon 1971 aufgerufen, Schulkinder ab der achten und neunten Klasse für einen Tanz, der bei der Eröffnungsfeier vorgeführt werden sollte, auszuwählen und zu trainieren. Reine Mädchen- und Bubenklassen, wie bei Realschulen oder Gymnasien üblich, konnten nicht mit einbezogen werden, da man gemeinsam mit Mädel und Jungs trainieren musste.

Eine bestimmte Körpergröße war vorgegeben. Obwohl ein oder zwei Zentimeter mehr oder weniger toleriert wurden, konnten nicht alle, die wollten, mitmachen. Ich hatte das Glück, den vorgeschriebenen Maßen zu entsprechen und war auch gerade in der 9. Klasse, einer gemischten Klasse. Bei der Eröffnungsfeier im August 1972 war ich 15 Jahre alt.

Unsere damalige Turnlehrerin trainierte uns für den Eröffnungstanz. Insgesamt kamen in München um die 3000 Schulmädchen und Buben zusammen. Eigentlich wurde mehr marschiert als getanzt und das war für uns schon a bisserl fad, nach unserer Meinung. Und die Musik, ein Stück von Carl Orff, traf auch nicht gerade unseren Geschmack. Trotzdem haben wir eifrig trainiert, denn es war für uns doch ehrenvoll, bei der Eröffnungsfeier der Olympiade mitmachen zu dürfen. Wir waren alt genug, um dies schätzen zu wissen.

Die weiteren Vorbereitungen in München sahen vor, für die Olympischen Spiele ein leistungsfähiges Verkehrsnetz aufzubauen, um die vielen Besucher, die zu erwarten waren, transportieren zu können.

Als die Vergabe der XX. Olympischen Spiele 1972 durch das IOC an München fiel, bestand für die Stadtväter Grund genug, im Jahr 1966 endlich die U-Bahn-Pläne, die bereits in der Schublade lagen, weiter voranzutreiben.

Karl Klühspies war in der Zeit, als die Olympischen Spiele in München vorbereitet wurden, der maßgebliche Stadt- und Verkehrsplaner. Zu seinen Bautätigkeiten gehörte auch das U-Bahnnetz.

Die Jungfernfahrt mit der ersten Münchner U-Bahn fand am 27. April 1971 statt. Dazu waren, wie sollte es auch anders sein, nur die Großkopferten aus der Politik und sonstige Honoratioren eingeladen. Auch Karl Klühspies bekam einen solchen Freifahrtschein, der drei Tage lang galt. Das hat den Münchner Bürgern so gar nicht gefallen. Schließlich hat man die U-Bahn für die Bürger gebaut und nicht für die Honoratioren, die sich ohnehin mehr mit einem Chauffeur rumkutschieren lassen und weniger eine U-Bahn benutzen.

Karl Klühspies empfand das genauso und handelte. Er kopierte sein Ticket mehr als 2000 mal und verteilte die Kopien am Stachus großzügig an die Münchner Bürger. Als das der damalige Oberbürgermeister Hans-Jochen Vogel erfuhr, machte er folgende trockene Bemerkung: „A Hund is a scho." Was in Bayern als ein großes Kompliment gilt. Offiziell eröffnet wurde die U-Bahn am 19. Oktober 1971.

Als die U-Bahn schon eine Weile in Betrieb war, kam es bei uns im Mathe-Unterricht zu einem lustigen Vorfall

Einer unserer Mitschüler, der Zwacki, der uns manchmal ein wenig verwirrt erschien, ein Eindruck, den seine Wuschelfrisur noch verstärkte, hatte zur U-Bahn-Nutzung eine besondere eigne Einstellung.

Kaum war die U-Bahn in Betrieb, kam es wie im Bus und in der Straßenbahn manchmal vor, dass Schwarzfahrer mit an Bord waren. Mitten im Unterricht sprang unser Mitschüler unvermittelt auf, eilte zur Tafel und klatschte mit aller Kraft seiner Handfläche darauf, so dass wir alle einschließlich unseres Lehrers erschrocken zusammenfuhren. Wir schauten verblüfft in die Runde und fragten uns, was denn jetzt wohl mit Zwacki wieder los sei.

Auf die Frage unseres Lehrers hin, antwortete unser Mitschüler mit großem Ernst: „I hab grod de Fliang daschlong, weil de in der U-Bahn schwarz gfahrn is und des derf ma wirkle ned. Basta!"

Erst waren wir alle entsetzt, aber bald schon brachen wir samt unserem Lehrer in lautes Gelächter aus. Es war einfach zu komisch für uns, was der Zwacki da geliefert hatte. Ja, ein bisschen merkwürdig war er schon, unser Mitschüler. Wir akzeptierten ihn aber so, wie er war.

Einige Tage vor der Eröffnungsfeier der Olympiade wurden alle Mädel und Jungs aus den Schulen, die vorher fleißig trainiert hatten, drei Tage hintereinander, von Montag bis Mittwoch, ins Olympiastadion zu einer abschließenden Generalprobe gefahren. Schließlich musste alles koordiniert, abgestimmt und nochmal trainiert werden.

Blacky Fuchsberger, ein berühmter deutscher Schauspieler und Synchronsprecher, der die Eröffnungsfeier kommentieren sollte, war auch mit dabei, um seine Ansagen zu proben. Vielen Mädchen von uns hat er sehr gut gefallen. Zwei von unseren Tänzerinnen und ich haben uns mit einigem Herzklopfen getraut, in die Sprechkabine zu gehen, um den großen Star um ein Autogramm zu bitten. Blacky Fuchsberger, der heldenhafte Kommissar aus den Edgar-Wallace-Filmen war sehr nett zu uns Mädchen und hat auch gleich einer jeden ein Autogramm gegeben. Wir waren mächtig stolz darauf.

Selbstverständlich wurden wir auch für den großen Tag adäquat eingekleidet. Die Mädchen trugen einen gelben Rock und ein gelbes Shirt mit dem Olympiaemblem und die Jungs erschienen in hellblauen Hosen. Wer glaubt, diese Kleidung hätten wir umsonst zur Verfügung gestellt bekommen, der täuscht sich leider. Unsere Eltern mussten für diesen Dress 40 DM berappen. Eigentlich hätte das schon umsonst sein können, denn schließlich sind wir ja auch ohne Gage aufgetreten. So viel Geld wurde ausgegeben, aber für unsere Kostüme hat es anscheinend nicht mehr gereicht. Doch wie heißt es so schön: Dabei sein ist alles.

An unserem großen Tag der Olympia-Eröffnung herrschte strahlender Sonnenschein. Eine Mitschülerin, die Gitte, und ich fuhren in unserem wunderschönen gelben Dress in einem öffentlichen Bus zu unserer Schule. Wir genossen es, von den Leuten erstaunt und bewundernd angestarrt und auch angesprochen zu werden. Die Schule war der Sammelpunkt mit anderen teilnehmenden Schülerinnen und Schülern. Zusammen wurden wir mit einem eigenen Bus ins Stadion gebracht.

Uns war schon etwas mulmig zumute bei der Vorstellung, dass uns weltweit 800 Millionen Menschen zuschauen würden, mal ganz abgesehen von denen, die im Stadion saßen. Ich hatte schon in der Nacht davor vor lauter Aufregung kaum geschlafen.

Auf der großen Wiese vor dem Eingang ins Stadion waren bereits alle Mitwirkenden und die Sportler aller Nationen versammelt. Wir Mädel erhielten jede einen Blumenstrauß in die Hand und die Jungs trugen Girlanden, die zu unserem Auftritt gebraucht wurden. Jeder von uns bekam auch noch ein grünes Sitzkissen; denn wir durften bis zu unserem Auftritt direkt an der Laufbahn rings um das Stadion sitzen und waren somit hautnah am Geschehen.

Rechtzeitig vor Beginn der Feierlichkeiten marschierten wir ins Stadion und nahmen unsere Plätze auf unseren Sitzkissen ein. Nach den diversen Ansprachen erfolgte dann der Einmarsch der Nationen. Das war für mich schon sehr aufregend, alles so hautnah miterleben zu dürfen.

Nachdem die deutsche Mannschaft, damals nur die BRD, denn die DDR stellte ja eine eigene Mannschaft, am Schluss einmarschiert war, begann unser Auftritt.

Blacky Fuchsberger kündigte uns ungefähr folgendermaßen an: „Münchner Mädchen und Buben entbieten den Gruß der Jugend".

Unsere Aufregung legte sich, als wir anfingen uns, wie einstudiert, nach dem Rhythmus der Musik zu bewegen. Alles klappte wunderbar. Nach unserem Auftritt gab es auch noch andere Vorführungen, bayerische Folklore, Goaßlschnalzer und Schuhplattler.

Es wurde anschließend die Übergabe der Olympischen Fahne von den Mexikanern an München zelebriert, da vorher im Jahr 1968 die Olympischen Spiele in Mexiko stattgefunden hatten. Passend dazu wurde mexikanische Folklore präsentiert.

Ganz besonders feierlich wurde es, als der Fackelträger Günter Zahn, ein deutscher Langstreckenläufer, ins Stadion und in meiner Nähe die Treppe hinauflief und am Ziel das olympische Feuer entzündete. Ich spürte, wie mir ein Schauer über den Rücken lief und ich gerade eine Gänsehaut bekam, so feierlich war mir zumute und so sehr war ich ergriffen von der Zeremonie.

Die Olympischen Spiele waren damit eröffnet und später, als alles vorbei war und die Übertragung beendet, haben Gitte und ich, eine jede von uns, ihren Blumenstrauß einem Sportler überreicht.

Als romantisches junges Mädchen war ich begeistert, dass während der Zeit der Olympischen Spiele eine ganz besondere Romanze begann. Nämlich die zwischen der damaligen Olympia-Chefhostess Silvia Sommerlath und dem Schweden-könig Carl Gustav. Wer hätte das gedacht, dass Silvia einmal Königin von Schweden wird. Schade, dass ich zu dieser Zeit noch zu jung war.

Ich kann mich noch gut erinnern, dass die Atmosphäre, die über der Münchner Stadt während der Olympiade lag, geprägt war von Lebensfreude, Fröhlichkeit und der Leichtigkeit des Seins. Viele Fremde waren in der Stadt. Wir fanden das groß-artig. Sie waren uns alle willkommen. Jeder wollte jedem am liebsten um den Hals fallen

Als ich mit meiner Freundin Katrin während der Olympi-schen Spiele im Englischen Garten spazieren ging, wimmelte es dort nur so von Menschen aus aller Herren Länder bei dem schönen Wetter. Ein ganzer Schwung junger Engländer kam auf uns zu. Sie baten uns, sie zu fotografieren. Und jeder von ihnen wollte auch ein Foto mit mir und Kathrin haben. Wir fanden das großartig und genossen diesen netten Austausch.

Diese wunderbare, gelöste Stimmung blieb erhalten bis zum 5. September 1972, dem Tag des unsäglichen Terroranschlags. Mit einem Mal war alles vorbei.

Bei dem Einzug der Nationen in das Olympiastadion vertrat auch die israelische Mannschaft ihre Nation. Mit großem Stolz trugen sie ihre Fahne und die Sportler winkten den Menschen im Stadion zu. Niemand hatte sich an diesem wunderschönen Tag der Eröffnungsfeier vorstellen können, dass am 5. September 1972 ein furchtbarer Terroranschlag auf die olympische Mannschaft der Israelis vorgenommen würde.

Als sich diese schlimme Nachricht von Mund zu Mund und über die Medien verbreitete, waren wir alle einfach nur noch fassungslos. Wir waren erstarrt. Unsere Nasen klebten bei der Berichterstattung direkt am Fernsehbildschirm, in den wir ungläubig und noch immer mit bangem Hoffen die Berichte verfolgten.

Auf einen Terroranschlag war man zu dieser Zeit nicht eingestellt und schon gar nicht vorbereitet. Es gab praktisch so gut wie keine Sicherheitsmaßnahmen. Polizei sowie Politik waren völlig überfordert. Man bedenke, dass die Fernsehaufnahmen auch die Terroristen verfolgten und wir somit erfuhren, was zur Befreiung der Geiseln geschehen sollte. Hans-Dietrich Genscher, der damalige Innenminister, verhandelte im Auftrag der Bundesregierung mit den Terroristen und bot sich sogar als Austauschgeisel an. Das aber wurde abgelehnt.

Auf dem Flughafengelände von Fürstenfeldbruck spielte sich das ganze weitere Drama ab. Einen Einsatzleiter gab es nicht wirklich. Eigentlich hatte keiner einen Plan, wie es weitergehen sollte. Die geplante und bereits bekannte Aktion mit einem Flugzeug die Terroristen außer Landes zu bringen, wobei Polizisten als Flugpersonal verkleidet die Terroristen überwältigen sollten, schlug fehl. Den Polizeibeamten erschien dieses Vorhaben doch zu gefährlich und so beschlossen sie, sich auf dem Flughafengelände zu verteilen.

Letztendlich sprengten die Terroristen nach einem wilden Schusswechsel einen Hubschrauber in die Luft und damit kamen alle Geiseln und ein Polizist ums Leben. Als die Schießerei beendet war, schauten sich die Polizisten um, ob alle Terroristen tot waren. Sie kamen an dem unversehrten Hubschrauber vorbei. Der Anblick, der sich ihnen bot, war schrecklich. Die Geiseln saßen gefesselt und erschossen mit gesenktem Kopf im Hubschrauber. Auf dem Boden des Hubschraubers lag ein vermeintlich toter Terrorist. Da erkannte ein Polizist, dass dieser blinzelte und reagierte zum Glück blitzschnell. Er zog ihn vom Helikopter herunter und warf ihn zu Boden, wo er von den anderen Polizisten sofort ausgezogen und auf Waffen untersucht wurde. Dann führten sie ihn gleich ins Towergebäude ab. Dieser Terroranschlag hatte zur Folge, dass danach die Eliteeinheit GSG 9 gegründet wurde.

Es wurde damals darüber diskutiert, ob man die Spiele abbrechen sollte. Aber Avery Brundage, der fünfte Präsident des Internationalen Olympischen Komitees, wollte, dass die Spiele weitergingen. „The games must go on."

Es war bestimmt gut so, wenn auch ein wirklich trauriger Abschluss der Olympischen Spiele in München, die so fröhlich und heiter begonnen hatten. Dieses tragische Ereignis berührt mich noch heute zutiefst.

Aus anderer Sicht

Hermann Benker war bei der Deutschen Lebensrettungsgesellschaft und erzählt von seinen Erinnerungen an die Olympiade in München von 1972:

Ich bin Hermann Benker, geb. 1951 und war seit meinem 16. Lebensjahr Mitglied der DLRG. So viel zur Person.

Als bekannt wurde, dass die Olympischen Spiele 1972 nach München kommen sollten, begannen bei uns die Vorbereitungen. Eigentlich war ich für den Einsatz bei den Kanuten im Augsburger Eiskanal vorgesehen, was sich aber später noch änderte. Für unsere Ausbildung betreuten wir Wildwasserregatten im bayerischen und österreichischen Oberland. Highlights waren die Einsätze in der Tiroler Ache und in der Isar bei Scharnitz. Ich schwamm auch noch im alten Eiskanal in Augsburg. 1970 war dann schon der neue Kanal am Hochablass gebaut und wir betreuten dort die ersten Testrennen.

Parallel dazu machte ich auch den Bootsführerschein. Das war spannend! Wir verfügten damals noch über keine eigenen Bootsführer-Ausbilder und so wurden wir von den Pionieren in München unterwiesen. Sie brachten uns in der „Pi-Schule" in Oberföhring die theoretischen Grundlagen in Motoren- und Fahrtechnik bei. Die praktische Ausbildung war danach mit den Sturmbooten und einem M-Boot in der Kaserne in Percha am Starnberger See.

Dadurch änderte sich auch mein Einsatzgebiet und ich wurde zur Regattastrecke nach Oberschleißheim beordert. Dort begann unser Training 1971 mit den neuen „Dory13"-Booten.

Das waren flache, dreikielige Kunststoffschalen mit einem Außenbordmotor. Gleichzeitig mit dem Beginn unseres Trainings wurden von den Bundeswehrpionieren die Stahlseile für die Bahntrennung eingezogen. In die Stahlseile wurden die roten Ballons eingehängt, welche die Wettkampfbahnen voneinander trennten. Das war faszinierend zu sehen, wie die Pioniere die beiden Brückenleger im Auslaufbecken positioniert haben, auf denen dann die Rollen mit den Stahlseilen abgewickelt wurden.

Eine Episode am Rande: Bevor die Stahlseile eingezogen wurden, hat ein Leopard-Kampfpanzer noch Tauchübungen im Becken gemacht. Es war nur noch das Ansaugrohr und das Sehrohr zu sehen.

Im Sommer 1971 lief dann als Generalprobe für die Spiele eine EM oder WM der Kanuten und Ruderer auf der Strecke. Unsere Mannschaft wurde ein eingeschworenes Team.

Eine Woche vor den Spielen begann dann auch unsere Einsatzzeit. Zu Beginn bekamen wir unsere weißen Uniformen der Sanis. Alle Modelle waren vom Designer Oestergard entworfen. Dazu bekamen wir unsere Ausweise, die uneingeschränkt für die ganze Regattastrecke galten. Einzigartig während der Spiele war die Gemeinsamkeit mit der Wasserwacht. Obwohl sich zu der Zeit die beiden Wasserrettungsorganisationen nicht grün waren, bildeten wir während der Spiele die „Gemeinsame Wasserrettung Regattastrecke". Unsere Aufgabe war, dem Wettkampffeld zusammen mit dem Schiedsrichterboot hinterher zu fahren oder einsatzbereit auf der Hälfte der jeweiligen Wettkampfstrecke in Bereitschaft zu sitzen. Eine Mannschaft war im Auslaufbecken, um ausgepowerte Athleten, die vor Erschöpfung aus den Booten fielen, zu bergen und zu betreuen.

Die Athleten aus der ganzen Welt reisten an und hielten ihre Trainings ab. Wir hatten im Sanitätsbereich unser Quartier und davor war ein gemauerter Grillplatz. Dort hatten wir unser eigenes olympisches Feuer – unsere Grillglut ist bis zur Schlussfeier nicht ausgegangen. Wir hatten trockene Buchenriegel, die unter der Asche des Vortags weiterglommen. Am Abend wurde das Feuer mit der Pressluft aus unseren Tauchflaschen neu entfacht. Viele Athleten waren abends bei uns am Lagerfeuer und wir hatten super Gespräche. Lediglich die Sportler der DDR wurden hermetisch von ihren Funktionären abgeschirmt.

Mit unseren Uniformen und den Sanitäts-Ausweisen konnten wir aber auch in die anderen Sportstätten und auch in den Begegnungsbereich im Olympischen Dorf. Das war zwar offiziell nicht erlaubt, aber im Sinne der Spiele geduldet. So kam es dann auch, dass ich eines Abends im besagten Begegnungsbereich eine Partie Flipper mit Marc Spitz gespielt habe.

Ja, und dann kam der 5.September – da war alles aus. Die Panzerfahrzeuge der Bereitschaftspolizei bezogen Stellung und überall waren bewaffnete Einheiten zu sehen. Wir durften auch nicht mehr in die anderen Bereiche und überall wurden unsere Ausweise kontrolliert. In der besagten Nacht saßen wir mit Athleten wieder an unserem Feuer und hörten über Radio vom Geschehen. Es war eine bedrückende Stimmung.

Wir hörten auch die Hubschrauber, die nach Fürstenfeldbruck geflogen sind. Ich kann mich noch an die russischen Sportler erinnern, die vorher so lustig mit uns gefeiert haben und jetzt zu Tode betrübt geweint haben.

Auf „the games must go on", hat uns Avery Brundage eingeschworen und so brachten wir die restlichen Wettkampftage unter Polizeischutz hinter uns. Aber die Freude wollte sich nicht mehr so recht einstellen.

Jetzt gibt es aber noch eine ganz persönliche Episode von mir. Meine damalige Freundin gehörte mit zum Kader der DLRG und wir wurden jeden Morgen mit dem Mannschaftsbus abgeholt und zur Regattastrecke gefahren. Jetzt wohnte S. aber in Harlaching und ich in der Maxvorstadt; der Umweg über Harlaching wäre schon sehr groß gewesen. So bat ich meine Eltern, dass S. für die Zeit bei uns schlafen dürfe. „Gut", meinte meine Mutter, „dann schläft S. in Deinem Bett und Du auf der Wohnzimmercouch". Natürlich blieb ich bei S. im Bett bis 5 Uhr morgens, kurz bevor Vater aufstand. Ich wechselte dann ins Wohnzimmer, um den Schein zu wahren. Nach drei Tagen sagte Mama „das mit dem Gästebett lassen wir jetzt, weil ich nicht einsehe, wegen der Stunde am Morgen jeden Tag das Bett frisch zu machen". Freilich haben sie gehört, wie ich in der Früh das Zimmer gewechselt habe.

Und dann waren da noch die Olympia-10er, Sonderprägungen der 10 Mark-Münze. Wir bekamen sie als Aufwandsentschädigung und hatten damals aber keinerlei Beziehung zur Numismatik und dem späteren Wert dieser Münzen. Für uns war der Spaß viel wichtiger, mit diesen Münzen zu bezahlen. So geschehen im damaligen Mathäser in der Bayerstraße. Nach der Zeche wollten wir mit den Olympia-10ern bezahlen, aber die Bedienung nahm sie wegen Falschgeldverdachts nicht an. Als dann der Geschäftsführer gerufen kam, fragte uns dieser, ob wir noch mehr davon hätten, und hat sie uns alle abgekauft.

Hermann Benker

Die tollen Siebziger

Die 1970er Jahre waren für mich geprägt von besonderen Ereignissen und Veränderungen.

Die Volljährigkeit wurde 1975 von 21 auf 18 Jahre herabgesetzt. Sicher auch politisch so gewollt, damit die junge Generation schon eher zur Wahl gehen konnte.

Zu dieser Zeit gab es für Frauen auch noch die Anrede „Fräulein". Als Frau wurde man erst angesprochen, wenn man verheiratet war. Was für ein Schmarrn! Die Männer wurden ja auch immer mit „Herr" und nicht mit „Herrlein" angeredet, egal, wie jung oder alt sie waren. Vor allem bei den gestandenen, älteren und unverheirateten Frauen klang das Fräulein einfach lächerlich, fand ich. Zudem war auch manchmal ein leichter Hang zur Diskriminierung seitens des einen oder anderen Machos bemerkbar, der sich über eine vermeintliche alte Jungfer damit auch noch lustig machen wollte. Meine Güte, hat mich das wütend gemacht!

Dazu ein kleines Beispiel, an das ich mich gut und gern erinnern kann. Es war während meiner Zeit als junge Sekretärin im Berufsbildungszentrum für Bau und Gestaltung in der Luisenstraße. Wir hatten eine große Bibliothek und eine Bibliothekarin, die dort hauptamtlich eingesetzt war. Ich lernte sie kennen, als ich in dieser Schule zu arbeiten anfing. Sie war damals so um die 40 Jahre alt. Eine sehr nette und hilfsbereite Dame, mit der ich mich auf Anhieb sehr gut verstand. Da sie unverheiratet war, wurde sie wie üblich mit „Fräulein" angeredet. Für mich mit meinen 16 Jahren fand ich das noch in Ordnung, wenn man mich mit Fräulein betitelte, aber die Bibliothekarin war ja bereits eine reife Frau in den Vierzigern. Und da hat sich das für mich einfach merkwürdig angehört.

In dieser Schule befanden sich hauptsächlich Männer, was der Art der beruflichen Aus- und Weiterbildung – in der Hauptsache für handwerkliche Berufe – geschuldet war. Und von einigen Machos wurde sie nicht nur als Fräulein angesprochen, sondern hinter vorgehaltener Hand sogar als alte Jungfer bezeichnet. Sie lästerten unter sich, dass unsere Bibliothekarin wohl keinen Mann mehr abkriegen würde. Ich war stocksauer darüber, denn sie hatte mir unter vier Augen viel von sich und ihrer Familie erzählt, und ich wusste, dass sie ein nicht ganz leichtes Privatleben hatte, was von Kriegszeiten herrührte, die sie noch als Kind erlebt hatte. Ihre Familie waren Heimatvertriebene, die nicht nur eine schlimme Flucht hinter sich hatten, sondern auch hier nicht gerade mit offenen Armen aufgenommen worden waren. Was habe ich mich gefreut, als sie nach einigen Jahren – ich arbeitete noch immer an der Schule – beim Bergwandern einen netten Mann kennen und lieben gelernt hatte. Die beiden heirateten und fortan war sie dann mit „Frau" anzusprechen. Den Lästerern fiel die Kinnlade runter vor Erstaunen.

Schwierig gestaltete es sich, wenn man damals als noch unverheiratetes Paar auf Wohnungssuche war. Geschweige denn, wenn es auch noch ein uneheliches Kind dazu gab. Das kann man sich heute gar nicht mehr vorstellen. Damals galt noch der sogenannte Kuppelparagraf. Kein Vermieter wollte es sich erlauben, sich da quasi schuldig zu machen. Heutzutage regt sich kein Mensch mehr darüber auf, wenn man nicht verheiratet ist und Kinder hat. Man nennt das jetzt Lebenspartnerschaft, wenn man nicht heiraten will. Jeder kann auch seinen Rufnamen bei einer Heirat beibehalten. Was ich persönlich gar nicht schlecht finde, wenn der Partner mit einem unschönen

Namen geschlagen ist. In so einem Fall hätte ich meinen Namen auch behalten wollen.

Noch heute bin ich froh, dass meine Teenagerzeit hauptsächlich in die 1970er Jahre fiel. Als Teenie war ich nicht sehr aufmüpfig, sondern zeigte mich eher vernünftig. Freilich gab es auch ab und zu Meinungsverschiedenheiten innerhalb der Familie, die durchaus auch mal mit einem Türenknallen endeten.

Meine Eltern wussten immer, wo und mit wem ich aus war. Von den flippigen Partys mit viel Tanz und Knutschereien kam ich pünktlich nach Hause. Solange ich noch minderjährig war, musste ich bis spätestens 22:00 Uhr zu Hause sein. Das änderte sich zu meinem Geburtstag im April 1975. Da wurde ich nämlich nach dem neuen Gesetz volljährig.

Vorher waren die Jugendlichen in der Bundesrepublik Deutschland erst mit 21 Jahre volljährig. Im Deutschen Bundestag in Bonn entbrannte am 22. März 1974 eine heftige Debatte darüber, das Alter der Volljährigkeit herabzusetzen. Vermutlich wurde das Wahlalter auch deshalb herabgesetzt, da wohl jede Partei auf noch bessere Wahlergebnisse hoffte. Jedenfalls fand ich es mehr als angemessen, dass dieser Zeitpunkt nun genau auf das Jahr traf, in dem ich 18 Jahre alt wurde. Endlich war ich erwachsen! Glaubte ich jedenfalls. Natürlich war ich auch stolz darauf, zum Wählen gehen zu dürfen.

Im Jahre 1974 gewann Deutschland gegen Holland die Weltmeisterschaft 2:1 mit den Fußballgladiatoren Franz Beckenbauer, Gerd Müller, Uwe Seeler, Paul Breitner und Sepp Maier im Tor. Ich verfolgte gespannt das Fußballspiel zu Hause vor dem Fernseher zusammen mit meinen Eltern und einigen Freunden. War das eine Bombenstimmung!

Geprägt war diese Zeit auch von den Filmen, die damals im Kino liefen. Da man noch keine Videorecorder und DVDs kannte, war das Kino mehr als heute gefragt. Da liefen z. B. die bei der Jugend so beliebten „Pauker-Filme" mit Hansi Kraus, Theo Lingen und Eddi Arendt. Besonders freuten wir uns, wenn auch unsere Schlagerstars Chris Roberts, Wencke Myhre, Roy Black und Uschi Glas auf der Leinwand zu sehen waren. Katrin und ich gingen zu dieser Zeit oft ins Kino. Wir ließen uns auch keinen Film mit Terence Hill, dem Star mit den strahlendblauen Augen, entgehen, und wir waren auch bei jedem James Bond-Film im Kino anzutreffen. Zu unserer Zeit war Roger Moore der James-Bond-Darsteller. Einen anderen konnten wir uns gar nicht vorstellen. Heute muss ich allerdings zugeben, dass Sean Connery mittlerweile mein Lieblingsdarsteller von James Bond geworden ist.

Auch die Musikszene hatte es in sich. In den Sixties begannen die Beatles ihren Aufstieg, gefolgt von den Rolling Stones und anderen Bands und damit nahm eine völlig neue Musikrichtung ihren Lauf. Sehr zum Leidwesen der Altvorderen, die damit nicht viel bis gar nichts anzufangen wussten. Das traf auch auf das Aussehen und die Mode zu. Die Haare wurden immer länger, die Koteletten immer breiter und die Hosenschläge immer weiter. Die Flower-Power-Zeit begann.

Leider gab es auch Schattenseiten in jener Zeit. Das betraf hauptsächlich die Drogenszene. LSD und Haschisch wurden noch als harmlos eingestuft. Aber wenn man damit begann, nur weil es in war, so etwas mal auszuprobieren, bedeutete das oft den Einstieg in härtere Drogen. So einige Stars aus der Musikszene, wie Jimmy Hendrix oder Janis Joplin, verkrafteten ihren Ruhm nicht und starben viel zu jung an einer Überdosis an Drogen. Bedauerlicherweise kommt das immer wieder vor, damals wie heute.

In den 1970ern eroberte ABBAS die Musikwelt mit dem Lied „Waterloo", nachdem sie damit im Jahr 1974 den Grand Prix Song Contest gewonnen hatten. Danach folgte ein Hit nach dem anderen.

T. Rex, meine Lieblingsgruppe, Middle of the Road, die Sweets, Mungo Jerry mit dem Lied „Summertime", meine erste Single, die ich mir mit 14 Jahren anschaffte, und noch viele andere belebten die Musikszene. Auch Elvis Presley war bei uns Mädchen mit seinen Hits noch immer sehr gefragt.

Ich weiß noch, dass wir, also Katrin und ich, mit 13 Jahren als angehende Teenager maßlos von Roy Black und Rex Gildo und ihren Schlagern schwärmten, Katrin besonders für Roy Black, ich mehr für Rex Gildo.

Giselas Modenschau 1978

Fernsehen damals

Es gab lange Zeit bis Anfang der 1980er Jahre maximal fünf Fernsehprogramme, das 1., das 2. und das 3. Programm. Wir konnten zusätzlich noch ORF 1 und ORF 2 empfangen. Wegen der Nähe zu Österreich. Damit waren wir vollauf zufrieden. Wir besaßen schon in den 1960er Jahren einen kleinen Schwarz-Weiß-Fernseher. Gesendet wurde damals von 17:00 Uhr bis Mitternacht und dann war Sendepause.

Zu der Zeit gab es auch Kindersendungen, die ich mit Begeisterung anschaute. Am meisten freute ich mich auf die Augsburger Puppenkiste mit „Jim Knopf und die wilden 13" und auf den „Kater Mikesch". Im Österreicher habe ich gern das Kasperltheater angeschaut. Mir gefiel, dass man immer so schön in Mundart gesprochen hat. Aber auch die Löwinger Bühne mochte ich sehr.

Shows und Filme wurden vor Beginn von Fernsehansagerinnen angekündigt. Es waren damals in der Tat nur Damen die Ansagen vorbehalten. Viel später erst kamen Männer als Ansager dazu.

Im Jahr 1971 schaffte Papa den ersten Farbfernseher an, obwohl es noch nicht viele Fernsehsendungen gab, die in Farbe ausgestrahlt wurden. Farbsendungen wurden immer besonders angekündigt mit einer schönen bunten Rosette, hauptsächlich wenn Shows liefen. Was waren das doch damals für schöne Showprogramme und Musiksendungen! Mit einem richtigen Fernsehballett.

Shows wie „Einer wird gewinnen" mit Hans-Joachim Kulenkampff fand ich ganz große Klasse. Mein Vater, der alte Scherzkeks, nannte meinen Kulenkampff immer „Nudelkrampf", nur um mich zu ärgern. Es war ihm nicht entgangen, dass ich auch für diesen Herrn eine Schwäche zeigte. Er meinte das aber nicht abwertend. Er sah die Show, wenn er denn mal abends und nachts keine Schicht hatte, selbst sehr gerne mit uns an. In der Tat fand mein Vater den Showmaster einfach „genial und sehr gescheit".

„Der große Preis" mit Wim Toelke, „der goldene Schuss" mit Vico Torriani und vorher, allerdings nur in Schwarz-Weiß, mit Lou van Burg waren sogenannte Straßenfeger.

Die Shows „Vergissmeinnicht" und „Musik ist Trumpf" mit Peter Frankenfeld, den ich auch sehr gerne mochte, durfte ich am Samstagabend im Kreise meiner Familie mit ansehen.

Und „Dalli Dalli" mit Hans Rosenthal, diesem sympathischen Moderator, wollte ich auch nie versäumen.

Wie gern erinnere ich mich noch heute an Rudi Carell, den großen Showmaster, der uns mit seinem „Herzblatt" so viel Vergnügen bereitete.

1972 startete im Fernsehen die Serie „Raumschiff Enterprise". Jede Folge habe ich mir damals reingezogen, soweit es mir möglich war. Ich war der Fan schlechthin von Captain James T. Kirk und seiner Crew, die fünf Jahre lang unterwegs waren, um neue Welten und Galaxien zu erforschen.

Ich bin der Meinung, dass in meiner Jugendzeit ganz besondere Serien im Fernsehen liefen. Und es gibt heute nur noch wenige, die so viel Charme versprühen. Ich denke da an die Serie „Renn Buddy renn", wo der etwas tollpatschige Held durch einen Zufall in eine Verschwörung der Mafia gerät und seither auf der Flucht ist. Die Mafiosi waren nicht minder tollpatschig. Diese Serie war so amüsant und voller Esprit, dass ich sie bis heute nicht vergessen habe.

„Immer, wenn er Pillen nahm" war eine ebenso lustige Serie. Der Held lief in sämtlichen Farben an, – wurde ja schließlich auch in Farbe gesendet – wenn er eine bestimmte Pille einnahm. Er konnte dann sogar fliegen, entwickelte immense Kräfte und eilte bei Gefahr sofort heldenhaft zur Rettung herbei.

Ein Highlight war für mich in den 1960er Jahren das „Raumschiff Orion" mit Dietmar Schönherr, den ich damals regelrecht anschwärmte. Allein die Titelmusik war schon faszinierend. Diese deutsche Serie hat mittlerweile auch schon Kultstatus erreicht. Ich würde sie mir noch heute gern anschauen. Mein jüngerer Cousin Hansi und ich, damals noch Kinder, spielten jede Folge nach, wobei er die Rolle von Commander McLain einnahm und ich die Tamara mimte. Ich genoss es, von ihm aus jeglicher Notlage gerettet zu werden.

Ein Knaller für unsere Generation war die „Disco" im Fernsehen mit Ilja Richter: „Licht aus, yeah, Spot an", war der Spruch schlechthin. Nämlich wenn wieder ein Glücklicher oder eine Glückliche gewonnen hatte. Und der Gewinner wurde zur nächsten „Disco" ins Studio eingeladen. Ich fand Ilja Richter super, weil er ein natürliches Talent zur Komik besaß. Besonders mochte ich seine Kostümierungen und Sketche in der „Disco".

„Die Hitparade" mit Dieter Thomas Heck war im wahrsten Sinne des Wortes der Hit für mich. Auch ein Stück Fernsehgeschichte. Ich wollte keine Sendung versäumen und habe mich riesig gefreut, wenn einer meiner Lieblingssänger oder -Sängerinnen einen der ersten drei Plätze ergattern konnte.

Nicht zu vergessen die „Münchner G'schichten" von Helmut Dietl mit Günther Maria Halmer, Therese Giehse, Michaela May und anderen unvergessenen bayerischen Schauspielern. Diese Serie spielte im Jahr 1974. Sie spiegelt die 1970er Jahre wunderbar wider. Und noch dazu spielte die Serie im Lehel in der Gegend, wo ich wohnte. Therese Giehse hatte wohl auch eine besondere Beziehung zu diesem Stadtviertel, wo sie doch einst in die St.-Anna-Schule ging. Jede Folge schaute ich mir an. Zu der Zeit war ich 17 Jahre alt und fühlte mit Michaela May, die die Freundin von Tscharlie spielte, weil sie es mit ihm wahrlich nicht leicht hatte. Es hat mir echt leidgetan, dass sie am Schluss doch nicht mehr zusammengekommen sind. Trotz allem fand ich Tscharlie so charmant!

Es tat mir im tiefsten Herzen weh, als Tscharlies Oma, gespielt von Therese Giehse, und damit auch Tscharlie, der bei ihr wohnte, aus ihrer Wohnung rausgeekelt wurden. Als Teenager fiel mir gar nicht auf, dass das eine Anspielung auf die Spekulanten war, die schon damals in München zugeschlagen haben.

Die Mieter wurden nach und nach aus ihren Wohnungen rausgeekelt, um das Haus irgendwann abreißen oder luxuriös sanieren und wieder teuer vermieten zu können. Es hat sich dahingehend bis heute nicht viel geändert hier in München.

Gisela als Mannequin 1978

Die Mode meiner Jugendzeit

Als Teenie der 1970er Jahre wollte ich natürlich auch mit der Mode gehen und trug entsprechend Minikleider, Miniröcke und bereits mit 14 Jahren die ersten Hot-Pants. Die Jungs im Freizeitheim wussten das ihrem Alter entsprechend wenig zu schätzen. Diese Kindsköpfe versuchten mich vielmehr mit markigen Sprüchen aufzuziehen, was mich mächtig ärgerte. Sie nannten meine Hot-Pants, auf die ich so stolz war, Cold-Pants. Ich war stocksauer. Mit unseren Mädelsaugen betrachtet fanden wir die Jungs im Alter von 14 Jahren einfach nur doof. Aber diese Periode dauerte maximal ein Jahr an, dann hat sich die Einstellung der Jungs schon rein hormonell bedingt total geändert. Fortan gefiel ihnen unser Outfit.

In der kalten Jahreszeit trug ich gern einen mit falschem Pelz gefütterten Wintermantel aus braunem Knautschlack und eine lila Schirmwollmütze, auf die ich ganz besonders stolz war. Ich kam mir vor wie ein Fotomodell.

Der Renner aber waren Stiefel, die bis über das Knie reichten. Ich hatte solche in Schlangenlederoptik. Die durfte ich aber wegen ihrer Nuttigkeit nur im Fasching tragen. An anderen Tagen war mir das von meinen Eltern verboten. Sehr zu meinem Bedauern.

Meine Tante Christl hatte mir diese Stiefel geschenkt. Sie war damals selbst erst 32 Jahre alt und sehr modebewusst. Außerdem war sie eine hübsche Frau. Zwar klein, aber oho! Und sie hatte „viel Holz vor der Hütt'n", wie man einen üppigen Busen in Bayern zu beschreiben pflegt. Als Kind fand ich das faszinierend und eines Tages wagte ich die folgende kecke Frage: „Tante Christl, kannst es no datrogn?"

Mit dem ihr eigenen Humor lachte sie herzhaft darüber und meinte dazu nur: „Ja freilich."

Später verstand ich das dann wohl sehr gut. Als Teenie besuchte ich die Tante Christl bei jeder Gelegenheit, denn man konnte mit ihr immer so gut ratschen, quasi von Frau zu Frau. Tante Christl zeigte viel Verständnis für die Sorgen und Nöte eines Teenies und ging auf Probleme ein, die man mit Mama und Papa nicht so gut bereden kann.

Hin und wieder öffnete Tante Christl für mich ihren Kleiderschrank und kramte modisches Zeug heraus, um es mir zu schenken. Ich hatte nur wenig Taschengeld zur Verfügung und so freute ich mich immer riesig, wenn mein Kleiderschrank wieder Zuwachs bekam.

Als modisch galten in meiner Jugendzeit Hemden und Blusen, aber auch Shirts mit trompetenartigen Ärmeln. Sie wirkten pluderig. Die Hemden für Männer waren so ausgeschnitten, dass man, sofern vorhanden, die Brusthaare sehen konnte. Und wenn dann noch die berühmte goldene Kette am Hals des Herrn der Schöpfung baumelte, fand man das super schick bzw. affengeil.

Die jungen Männer legten besonderen Wert auf ihre Frisur. Sie trugen ihre Haare zum Leidwesen ihrer Eltern etwas länger als bislang üblich oder auch sehr lang und legten großen Wert auf breite Koteletten. Meine Mutter, die diesbezüglich sehr konventionell eingestellt war, sagte dazu immer: „Am liebsten würde sie eine Schere nehmen und die langen Haare abschneiden." Aber trotz ihrer langen Haare mochten meine Eltern die Jungs aus unserer Clique. Es waren durchwegs nette, vernünftige und anständige Burschen. Auch mit langen Haaren und breiten Koteletten.

Die Hosen, egal ob Jeans oder aus anderer Stoffart, waren in der Taille so eng, dass man sich auf den Boden legen musste, um überhaupt den Reißverschluss zumachen zu können. Dafür war der Hosenschlag umso weiter. Ich erinnere mich noch genau, wie ich diese Art des Hosenanziehens mit mehr oder weniger akrobatischem Geschick praktizierte, um die neue verflixt enge Hose, die ich mir gerade gekauft hatte, mich auf dem Boden wälzend zuzukriegen.

Pfennigabsätze an den Schuhen waren für die weibliche Welt vollkommen out, dafür waren Plateausohlen und breite Absätze in. Heute gibt es High Heels, dass mir schon allein vom Hinschauen das Kreuz weh tut. Nur so nebenbei erwähnt, Mäntel, Jacken und Taschen waren nicht mehr aus Stoff gefertigt, es gab nun Exemplare in Knautschlack oder aus Wildleder mit Fransen dran. Das fand man superschick.

Eine Freundin meiner Mutter besaß in der Oettingenstraße in den 1970er und 1980er Jahren eine Boutique mit wirklich geschmackvoller Mode und vortrefflichen Accessoires. Mutti und ich waren dort Stammgäste, auch wenn wir nicht immer was kaufen konnten, weil das Geld dazu nicht reichte. Wir haben uns halt auch gerne nur so mal unterhalten.

Muttis Freundin veranstaltete ab und zu Modeschauen im Lehel für ausgesuchte Gäste. Ihre Tochter und ich waren fast im gleichen Alter, damals Anfang 20. Wir haben zusammen mit zwei anderen Models – damals sagte man noch Mannequin dazu – die aktuelle Mode vorgeführt. Ein weiterer Auftritt war für uns im Hilton Hotel am Englischen Garten geplant. Es waren sogar Modelle von dem einen oder anderen bekannten Modeschöpfer dabei. Das Kleid, das ich präsentieren durfte, stammte aus dem Atelier von Valentino. Für uns Mädchen war das eine aufregende Sache.

Als ich so auf die 18 zuging, war der Mini nicht mehr so gefragt, die Röcke wurden wadenlang. Es galten zwar noch Mini, Midi und Maxi, aber die wadenlangen Röcke und Kleider setzten sich immer mehr durch. Als ich zum ersten Mal so einen langen Rock trug, kommentierte mein Vater diesen in seiner humorvollen Art, der sei ja viel zu lang.

Bei meiner jüngeren Schwester bemerkte er, als sie das erste Mal einen Minirock trug, und das klang fast wie eine Drohung, sie solle sich ja nicht unterstehen so auf die Straße zu gehen. Dabei hatte ich, die ich um acht Jahre älter bin als meine kleine Schwester, früher auch Mini getragen. Nur war das jetzt nicht mehr so modern und unser Vater war dieses Bild einfach nicht mehr gewohnt. So ändern sich die Zeiten!

Gisela und Katrin Mode 1974

Tonband und Kommunikation

Als ich vierzehn wurde, bekam ich zum Geburtstag mein erstes, kastenförmiges Tonbandgerät mit einer Kassette und einem Mikrofon. Ich war unglaublich stolz darauf und nahm damit nicht nur meine Lieblingslieder aus der Hitparade auf, sondern schrieb sofort von der Muse geküsst einen Kurz-Krimi, den ich mit meinem Aufnahmegerät der Nachwelt unbedingt verewigen wollte.

Hauptdarstellerin war meine Tante Friedl, die gerade wieder einmal zu Besuch bei uns in München weilte. Sie musste das Dienstmädchen spielen. Als weitere Protagonisten agierten meine Eltern und ich als Kommissarin. Der gar abscheuliche Mord an der Frau Gräfin, meiner Mutti, musste aufgeklärt werden. Das hat die Kommissarin, und da war ich mit der Rollenbesetzung der Zeit weit voraus, also ich höchst persönlich, mit Bravour gemeistert. Der Mörder war der Liebhaber der Gräfin, mein Vati, der an das Geld der Hochwohlgeborenen wollte.

Jedem in der Familie hielt ich bei jeder sich bietenden Gelegenheit das Mikrofon unter die Nase. Und jeder, der uns besuchte, musste etwas ins Mikrofon sagen oder gar singen.

Meine beste Freundin Katrin, mit der ich während unserer Teenie-Zeit fast täglich zusammen war, hatte auch so ein Tonbandgerät wie ich. Sie spielte die Schlager playback ab und ich nahm auf meinem Tonband wiederum unseren Gesang dazu auf. Das klang gar nicht mal so schlecht.

Auch meine jüngeren Geschwister mussten sich für Tonbandaufnahmen jederzeit bereithalten. Es hat ihnen sichtlich viel Spaß gemacht, ihre Kinderlieder oder Schlager, die sie schon auswendig konnten, ins Mikrofon. zu trällern.

Da meine Schwester im Gegensatz zu mir ausgesprochen musikalisch ist und sie zudem damals schon Gitarre spielen konnte, haben wir zusammen etliche Lieder gesungen und auf Band aufgenommen. Sehr schade, dass es uns nicht gegönnt war, in einer Talent-Show aufzutreten.

Manchmal passierte es, dass eine besonders geliebte Kassette mit den von mir aufgenommenen Hits zu streiken anfing. Das eine oder andere Mal gab es dann einen richtigen Bandsalat, weil die Kassette im Gerät hängenblieb. Vorsichtig friemelte ich die Kassette aus dem Tonbandgerät heraus und versuchte dann mit einem Bleistift, das Band in die Kassette wieder zurückzuspulen. War ein Band zerrissen, versuchte ich, findig wie ich war, die entsprechende Stelle mit Tesafilm zusammenzukleben. Manchmal klappte es, oft aber auch nicht, und dann war ich stinksauer. Bei solchen Fieselarbeiten kam es durchaus vor, dass ich die Geduld verlor und die Kassette mit dem Bandsalat im hohen Bogen in die Ecke feuerte.

Heutzutage gibt es iPods, iPhones, PCs, Tablets und das Internet. Ich bin heilfroh, dass es das alles in meiner Jugendzeit noch nicht gegeben hat. Was wäre mir da wohl alles entgangen! Vermutlich wäre ich die meiste Zeit vor dem Computer gehockt und hätte im Internet gesurft. Die schönen Erinnerungen an meine Jugendzeit, die mir heute so kostbar sind, gäbe es nicht. Natürlich hätte ich dann auch nichts zu erzählen.

Handys waren noch nicht einmal erdacht, zur Kommunikation nach draußen diente das gute alte Festnetz-Telefon. Ich habe oft stundenlang mit Freundinnen und Freunden am Telefon gequatscht. Und das alles für 20 Pfennige pro Anruf.

Wenn bei uns zuhause das Telefon klingelte, galt der Anruf meist mir. Meine Eltern konnten sich die Bemerkung nicht verkneifen, sie hätten das Telefon anscheinend nur für mich angeschafft.

In der Stadt verteilt standen gelbe Telefonhäuschen bestückt mit dicken Telefonbüchern. Manchmal bildete sich eine lange Schlange vor dem Telefonhäuschen, wenn mal wieder einer drinnen endlos quatschte, obwohl ein Schild an der Tür mahnte „Fasse dich kurz!" Am liebsten hätte man so einen unverschämten Dauerredner gewaltsam aus der Zelle rausgezogen. Meist aber begnügte man sich damit, die Tür der Kabine einen Spalt zu öffnen und ordentlich reinzuschimpfen: „Ja Herrschaftzeiten, wia lang dauert denn des no?" Besonders spaßig war es, draußen zu warten, wenn es in Strömen regnete.

Praktisch finde ich es schon, dass man heute rasch eine E-Mail schreiben und abschicken kann, die innerhalb weniger Sekunden beim Adressaten ankommt. Noch schneller geht's mit WhatsApp.

Doch das Briefeschreiben, wie früher üblich, hatte durchaus seinen Reiz. Da freute man sich, wenn ein Brief und nicht nur eine Rechnung im Briefkasten landete oder durch den Türschlitz geschoben wurde. Besonders, wenn es ein romantischer Liebesbrief war, der man herbeigesehnt hatte. Man freute sich über Geburtstags- und Weihnachtskarten und es war üblich, ja fast Pflicht, den Zuhausegebliebenen Karten aus dem Urlaub zu schicken.

Da war man schon am Morgen gespannt darauf, was der Postbote wohl in seinem Posttascherl dabeihaben würde. Die Postboten trugen Uniform und Schirmmütze. Jeder von ihnen betreute einen ihm zugeteilten Abschnitt im Stadtviertel. Oft war derselbe Postbote viele Jahre lang in seinem Wirkungskreis tätig. Unser Postbote war für uns wie ein alter Bekannter. Für ein kleines Schwätzchen hatte er immer Zeit. Die hat er sich einfach genommen. Ja, das waren noch gemütliche oder, wie man in Bayern auch sagt, griabige Zeiten.

Gisela und Herbert 1976

Darf ich bitten zum Tango

Im Jahr 1973, ich war damals gerade 16 Jahre alt, besuchte ich im Künstlerhaus am Lenbachplatz meinen ersten Tanzkurs, geleitet von einer echten Gräfin, der Gräfin Luxburg. Schon allein der stilvolle, holzgetäfelte Raum, in dem wir unsere ersten Tanzschritte wagten, strahlte eine ganz besondere Atmosphäre aus. Wir lernten nicht nur die klassischen Tänze, sondern auch die Grundregeln guten Benehmens. Vor allem brachte die Gräfin unseren jungen Herren bei, wie man eine Dame korrekt zum Tanzen aufzufordern hatte. Nicht etwa wie oft üblich mit einem „Hey, Baby, willst mal mit mir tanzen?" oder gar nur mit einem verwegenen Blick und einer lässigen Kopfbewegung zur Tanzfläche hin, quasi „Wie wärs mit uns Zweien?"

Damals saßen die Mädchen in der Tanzschule auf der einen und die Jungs auf der anderen Seite des Tanzsaals. Erst wurden uns die einzelnen Tanzschritte vorgeführt, die dann nach einer höflichen Verneigung des Jungen vor seinem Mädchen und einer Korrekten Aufforderung zum Tanz mit den Worten „Darf ich bitten" gemeinsam erprobt wurden.

Manchmal ging es in den Tanzstunden auch recht lustig zu. In der Regel hatte jeder Junge schon ein Mädchen oder je nachdem aus Sicht der Mädchen ein Opfer im Auge, mit dem er tanzen wollte. Wenn dann mehr als einer auf dasselbe Mädchen zusteuerte in der Absicht, es zum Tanzen aufzufordern, konnte es schon passieren, dass der potenzielle Bewerber über seine eigenen Füße oder die des Rivalen stolperte. Einer wollte schneller sein als der andere. Bei einer solchen Aktion fiel ein eifriger, junger Tänzer, der schöne Wolfgang, beinahe über mich drüber, weil er es so eilig hatte, als erster bei mir zu sein, um mit mir zu tanzen. Und es war mir nicht unangenehm, es war eher schmeichelhaft für mich. Er gab mir das sichere Gefühl, kein Mauerblümchen zu sein. Das wäre für mich als junges Mädchen unerträglich gewesen.

Der Abschlussball im Künstlerhaus war sehr stilvoll und von der Gräfin wohl durchdacht vorbereitet. Alle Mädchen hatten lange Kleider an und die Jungs trugen Anzug oder gar Smoking.

Mein Abendkleid war pinkfarben und die obere Hälfte gesmokt. So fiel es schlank und glatt runter bis zu den Füßen. Hinten war es noch mit einer Schleife zu binden.

Auch die Eltern und sonstigen Begleitpersonen waren allesamt elegant gekleidet. Der junge Mann hatte seiner Partnerin einen Blumenstrauß zu überreichen. Mit einer Polonaise wurde das Abschlussfest eröffnet. Mein Tanzpartner, er hieß Christian, saß mit seiner Mutter bei meinen Eltern und mir am Tisch. Wir hatten auch die Münchner Francaise lange genug einstudiert, um sie perfekt vorführen zu können.

Beinahe hätten wir unseren Auftritt vermasselt, weil Christian und ich mit einem anderen jungen Tanzpaar uns noch zum Eis essen im Mövenpick verabredet hatten. Es lag gleich um die Ecke im Lenbachhaus. Wir unterhielten uns angeregt, genossen das Eis und vergaßen darüber ganz die Zeit. Als Christian mal so beiläufig einen Blick auf seine Armbanduhr warf, stellte er mit Entsetzen fest, dass es allerhöchste Zeit für die Aufstellung zur Münchner Fancaise war. Wir ließen alles stehen und liegen, nicht ohne noch vorher bezahlt zu haben, und rannten im Affentempo um die Ecke in den Tanzsaal hinauf. Wir Mädchen mussten mächtig aufpassen, dass wir nicht über unsere langen Kleider stolperten. Gerade noch im letzten Moment schlitterten wir die ganze Tanzfläche entlang auf unsere Plätze in der Formation.

In unmittelbarer Nähe saßen meine Eltern und Christians Mutter. Da wir es nicht mehr geschafft hatten, uns in Ruhe einzureihen, verhaspelten wir uns mehrmals bei den Tanzfiguren. Die Frau Gräfin schaute pikiert ob unserer Patzer. Unsere Leute aber lachten Tränen, weil sie es so lustig fanden, was wir da aufs Parkett legten. Irgendwie sind wir irgendwann dann doch so einigermaßen in die Figuren reingekommen und es lief glücklicherweise noch ganz gut ab, dass selbst die Gräfin uns wohlwollend mit dem Kopf zunickte. Jedenfalls hat unsere Version der Münchner Francaise allen einen riesigen Spaß gemacht.

Diskotheken waren, obwohl es in München in den 1970er Jahren schon jede Menge davon gab, für unsere Clique kaum ein Thema. Mein Vater hätte dies, schon allein aus seiner Polizistensicht, nicht gerne gesehen, wenn sich seine Tochter in Discos „rumgetrieben" hätte, wie er es auszudrücken pflegte.

Wir waren deshalb eher selten in einer Disco zu finden. Erinnern kann ich mich noch an das „Big Apple" in Schwabing, wo wir ein paarmal getanzt haben, und an das „Captain Cook".

In Schwabing gab es etwas ganz Neues, nämlich Vergnügungs- und Einkaufszentren mit mehrstöckigen Ladenstraßen innerhalb eines Gebäudes. Erst das Citta 2000 und später das Schwabylon. Man konnte Kleider und Schallplatten kaufen und solche auch hören, essen gehen, ein Kino besuchen oder man traf sich dort mit Freunden einfach nur zum Kaffee und zum Plaudern. Das Citta 2000 an der Ecke Giselastraße war damals ein beliebter Treffpunkt für die Jugend. Übrigens suchte man damals statt der „Schönen Münchnerin" nach dem Münchner „Schwabinchen".

Unsere Passion war lange Zeit die Tanzschule, und zwar die Tanzschule Richter, die älteste Tanzschule in München bestehend seit dem Jahr 1873. Drei Freunde aus unserer Clique, der Helmut, der Werner und der Dietmar gingen dorthin und auch Katrin und ich waren mit von der Partie. Katrin war nicht so lange dabei wie wir, weil sie als Au-pair-Mädchen für ein Jahr nach England ging. Da waren wir 18 Jahre alt. Nach einem Jahr kam sie wieder und zu uns in die Tanzschule, bevor sie für ein weiteres Jahr als Au-pair-Mädchen nach Frankreich abdüste.

Mit achtzehn hatte ich in der Tanzschule Richter meinen ersten richtigen Freund, den Wenzel, kennengelernt. Er war ein paar Jahre älter als ich und schon etwas erfahren, was den Umgang mit Mädchen betraf. Er führte mich ganz Gentleman like zu einem Schwarz-Weiß-Ball im Deutschen Theater aus und einmal nahm er mich auch zu einem Tanzwettbewerb mit Standard- und Lateintänzen dorthin mit. Hugo Strasser spielte damals mit seiner Kapelle. Es war einfach mitreißend.

Insgesamt war ich zwei Jahre in der Tanzschule Richter, habe die Kurse bis zum Goldkurs besucht und war dort praktisch jeden Samstag und Sonntag, wenn es mir irgendwie möglich war. Dort habe ich auch meinen Mann kennengelernt. Die Tanzschule fungierte damals auch als Eheinstitut. Mit einigem Erfolg. Nicht wenige lernten beim Tanzen ihren Partner fürs Leben kennen.

Die Wiesn

Das weltweit berühmte Münchner Oktoberfest heißt in München selbst nur „die Wiesn". Ursprünglich war es mehr ein Familienfest. Ende der 1980er Jahre entwickelte es sich aber immer mehr zu einem Ballermann-Event.

Gerne erinnere ich mich an die griabigen alten Zeiten der Wiesn. Da war alles noch so sehr münchnerisch gemütlich, auch wenn schon damals viele Besucher aus aller Welt zum Oktoberfest anreisten. Im Bierzelt ging es, vor allem zu vorgerückter Stunde, hoch her. Es wurde geschunkelt und gesungen. Die Blaskapelle spielte „Aber heit is koit, aber heit is koit" oder den Bayerischen Defiliermarsch und das den Bierkonsum fördernde „Ein Prosit der Gemüatlichkeit". Hin und wieder dirigierte sogar der Oberbürgermeister persönlich auf der Tribüne die Kapelle. Die Maß Bier kostete 1,80 Mark und ein halbes Hendl 1,90 Mark. Die Maßkrüge wurden allesamt in einem großen Zuber mit klarem Wasser ausgewaschen und wieder für eine neue Befüllung bereitgestellt. Freundliche und fesche Verkäuferinnen wanderten in den Bierhallen von Tisch zu Tisch und boten Herzerl, Brezen und Hüte zum Kauf an.

Draußen amüsierten sich die Leut vor der Turmrut'schn, dem Toboggan, und lachten, wenn ein Angetrunkener auf dem Förderband nach oben auf d' Lätschn fiel.

Eine Fahrt mit der Krinoline, dem ersten Elektrokarussell auf der Wiesn, wurde von den Klängen einer echten Blaskapelle begleitet. 1959 kostete so eine Fahrt 30 Pfennig. Zur Wiesn gehörten auch die Achterbahn, ohne Dreierlooping allerdings, und Autoscooter, die damals wie heute besonders bei den jungen Leuten sehr beliebt sind, schon wegen der Möglichkeit zum Anbandeln.

Das neue Fahrgeschäft „Calypso" wurde bestaunt, aber die Leute wussten auch immer noch das gute, alte Kettenkarussell und die Schiffschaukeln zu schätzen.

Das Teufelsrad hat schon allein beim Zuschauen riesigen Spaß gemacht genauso wie der Rotor, wo „die Leut' wia tote Fliagn an d' Wand hidruckt" worden sind. Erwähnenswert sind auch der Flohzirkus und das Hawaii-Zelt mit entsprechend leicht bekleideten Mädels und der Hula-Musik. So manch zünftiger Bajuware fühlte sich animiert, seinen Bierbauch im Hula-Tanz mit den Mädels um die Wette zu bewegen. Die Frau ohne Unterleib oder gar ohne Kopf sowie die dickste Frau der Welt wurden als Sensationen in den Schaubuden ausgestellt.

Selbstverständlich war der Vogel-Jakob auf der Wiesn traditionell direkt beim Hintereingang anzutreffen, wo man ihn schon von weitem, Vogelstimmen imitierend, pfeifen hörte. Männer, die zur Bewunderung der Damenwelt ihre Kräfte messen wollten, bearbeiteten mit Schwung den „Hau den Lukas". Warum dieses Marterinstrument Lukas heißt, blieb bis heute ungeklärt.

Die holde Weiblichkeit war damals noch selten bis gar nicht in Dirndlkleidern zu sehen. Die Manner aber eher mal Pfeife rauchend in Lederhosen oder im Trachtenanzug. Man ging nach der Arbeit direkt im Straßen- oder Büroanzug mit Krawatte auf die Wiesn. Viele Leute haben lustige Hüte, kleine oder große, aufgehabt.

Kinder hatten besonderen Spaß am Karussellfahren und freuten sich über Luftballons, Herzerl und Tröten, mit denen sie den Erwachsenen auf die Nerven gehen konnten, so dass diese es schon bald bereuten, ihrem Nachwuchs eine solche gekauft zu haben. Eine Breznverkäuferin tauchte eine ihrer reschen Brezn in eine Maß Bier, um sie dann genüsslich zu verzehren. Das sollte bestimmt ihre Stimmung beim Brezenverkauf heben und andere zum Kauf animieren.

Für die Nachwehen übermäßigen Biergenusses war auch gesorgt. Das Rote Kreuz war direkt vor Ort, um sich um die Bierleichen zu kümmern. Und eine Baracke für verlorene Kinder war auch vorhanden. „Der kleine Maxl sucht seine Eltern", lautete die Durchsage.

Um die Sicherheit auf der Wiesn zu gewährleisten, hatte die Kriminalpolizei ihre Zelte aufgeschlagen. Es gab eine Polizeiwache, damals auch noch die Militärpolizei und die Feuerwehr.

Als Kind freute ich mich immer auf das Oktoberfest, denn ich durfte mehrmals Karussell fahren und bekam vor dem nachhause Gehen fast schon traditionell ein Lebkuchenherz und einen Luftballon.

Als ich acht Jahre alt war, nahmen mich Mutti und zwei meiner Tanten, nämlich Tante Christl und Tante Anni, mit auf die Wiesn. Meine Tanten wollten unbedingt mal Geisterbahn fahren, und zwar mit mir. Ich selbst sah dieser Sache etwas skeptisch entgegen, konnte dafür keine echte Begeisterung aufbringen. Trotzdem stieg ich mit ihnen in das Wägelchen. Sie quetschten mich vorsichtsweise in ihre Mitte. „Brauchst koa Angst ned hom. Mia passn scho auf af di", kicherten die Tanten.

Dann ging's los. Tante Christl schrie beim Eintritt in die Dunkelheit gleich hinter der Tür wie am Spieß. Die Tante Anni kreischte nicht minder und lachte dazu auch noch herzhaft. Ich hingegen rutschte immer tiefer in meinen Sitz zwischen den Tanten, war ganz still und kniff die Augen fest zusammen. Auf einmal spürte ich, wie eine Hand geisterhaft über mein Haar strich. Meine Tanten waren es nicht. Ich bekam eine Gänsehaut und verkroch mich in Panik auf den Boden des Gefährts. All die blinkenden und knurrenden Gespenster sah ich nicht mehr. Als wir endlich aus der Dunkelheit rauskamen, schwor ich mir: „Nie wieder Geisterbahn!" Das habe ich bis heute so gehalten.

In unserer Jugendzeit gingen wir mit unserer Clique selbstverständlich auch auf die Wiesn. Wenn auch in den 1970er Jahren auf dem Oktoberfest schon jede Menge los war, so kommt mir diese Zeit in meiner Erinnerung heute eher urgemütlich vor. Da brauchte es keine „Oide Wiesn", damit Münchner Bürger und ausländische Gäste in den Genuss des besonderen Flairs und der berühmten bayerischen Gemütlichkeit kamen.

Seit Jahren ist die Wiesn mehr und mehr zu einer rein kommerziellen Veranstaltung verkommen. Ballermann in der bayerischen Landeshauptstadt. Das ist für viele Münchner echt kein Spaß mehr und macht auch keine Lust mehr auf das Oktoberfest zu gehen. Vielleicht noch auf die „Oide Wiesn".

Wir Jugendlichen haben jeden Spaß mitgemacht, aber man stand in den Bierzelten, auch wenn es ausgelassen zuging, noch nicht auf den Bänken oder gar auf den Tischen, sondern fest auf dem Boden und hat mitgeklatscht, geschunkelt und gesungen. Oder man blieb auf seinem Hosenboden sitzen, je nach Zustand, abhängig vor allem davon, wie viele Maß Bier man schon intus hatte.

In den Bierzelten spielte eine richtige Blasmusik auf mit eher volkstümlichen Musikstücken und weniger Rock und Pop. Man unterhielt das Publikum auch noch mehr mit Schlagern und Schunkellieder und dem berühmten umsatzfördernden „Ein Prosit der Gemütlichkeit". Damals wie heute wurde manchmal auch ordentlich gerauft. Aber anscheinend gehört das zu einem Bierfest.

Man ging in Tracht zur Wiesn und man sah ganz normale Dirndlkleider und schon gar keine Fantasie-Dirndl made in China. Wir jedenfalls gingen mit unserer Clique ausschließlich in Jeans auf die Wiesn.

Die Fahrgeschäfte waren noch etwas gemäßigter, was Preis, Höhe und Geschwindigkeit betrifft. Aber auch das hat schon gereicht, dass einem manchmal speiübel wurde. Da gab es noch eine normale Achterbahn und keinen fünffachen Looping. Ich kann nur sagen, auch da hat man sich lustvoll die Seele aus dem Leib geschrien.

Sehr gerne sind wir mit dem „Calypso" gefahren. Unser Lieblingsfahrgeschäft war der Autoscooter. Hauptsächlich deswegen, weil man da so leicht anbandeln konnte, indem wir Mädchen im Scooter angerempelt und angesprochen wurden. Das war immer recht lustig und hat viel Spaß gemacht.

Bei den heutigen Fahrgeschäften kann man schon allein vom Hinschauen Angst kriegen, so halsbrecherisch sehen sie aus.

Im September 1980 wurde die Wiesn von einem schrecklichen Bombenanschlag überschattet. Zu der Zeit war ich schon verheiratet. Mein Mann und ich hatten uns an diesem Abend mit einem anderen Paar auf dem Oktoberfest verabredet. Da es ein recht milder Abend war und kein Regen in Sicht, saßen wir im Gartenbereich des Bierzelts. So etwa um 22:15 Uhr hörten wir einen Rumms wie ein Donnergrollen und spürten eine wellenartige Erschütterung unter unseren Füßen. Wir konnten uns nicht erklären, was passiert war. Da kamen auch schon die ersten mit Gerüchten hereingeschneit. Bei einem Fahrgeschäft sei was explodiert oder irgendwo hätte sich eine Gondel gelöst und sei heruntergefallen. Wir brachen dennoch auf und gingen Richtung Ausgang, zum Glück nicht zum Hauptausgang. Dort hätten wir die schrecklichen Auswirkungen des Bombenattentats gesehen. Ich war im Nachhinein sehr froh, dass uns dies erspart geblieben ist. Es hätte uns genauso erwischen können.

Auf dem Heimweg hörten wir jede Menge Sirenen von Krankenwagen und Polizeifahrzeugen aufheulen. Wir vermuteten richtig, dass etwas ganz Schlimmes passiert sein musste, wenn wir auch noch nicht genau wussten, was los war. Das erfuhren wir erst tags darauf.

Meine Mutter rief am nächsten Tag – es war ein Samstag – in der aller Herrgottsfrühe um sieben Uhr bei uns an, um sich zu vergewissern, dass wir den Wiesnbesuch gute überlebt hatten. Meine Eltern wussten, dass wir am Freitagabend auf dem Oktoberfest waren. Wir waren alle sehr erschüttert über das, was da passiert war.

Fasching im Lehel

Ich kann mir vorstellen, dass viele junge Mädchen davon träumen, einmal eine Prinzessin zu sein. Ich gehörte jedenfalls zur Gilde dieser Traumprinzessinnen. Dass solche Träume aber auch wahr werden, hätte ich mir nicht träumen lassen.

Ich sah und schaue mir noch heute so gern die Sissi-Filme mit Romy Schneider an, die, seit ich sie zum ersten Mal mit 12 Jahren im Kino gesehen hatte, meinen Prinzessinnentraum geradezu befeuerten. Ich versank voll in die schönen Bilder, die herrlichen Kleider, die prunkvollen Schlösser und nicht zuletzt in die so herzergreifende Liebesgeschichte zwischen Sissi und dem Kaiser Franz Joseph. Was zählte da schon die Realität! Aber sind Träume wirklich nur Schäume? Werden Träume nicht doch manchmal auch wahr?

Es gab im Lehel in der Oettingenstraße viele Jahre lang eine Wirtschaft mit dem verheißungsvollen Namen „Paradiesgarten". Im Jahr 1976 übernahm ein neuer Wirt das Lokal. Er war ein Jahr zuvor der Faschingsprinz von Schwabing. Davon inspiriert wollte er die Faschingssaison 1976/77 im Lehel gestalten, und zwar zusammen mit dem Verein „111er Ritterzunft", der damals im Lehel aktiv war. Dieser Verein wollte eine Person als König Ludwig II. stellen. Da der König bei seinen Auftritten auch tanzen sollte, brauchte er eine Partnerin, und so plante man, ihm eine Prinzessin zur Seite zu stellen. Man machte sich also rechtzeitig auf die Suche nach einem glaubwürdigen König-Ludwig-II-Darsteller und eine dazu passende Prinzessin. Und die sollte ich werden. Sogar mein großes Vorbild aus dem Film, die Sissi, sollte ich verkörpern.

Meine Eltern kannten den Paradiesgarten noch unter dem alten Wirt. Nachdem sie hörten, dass das Lokal ein neuer Pächter übernommen hatte, waren sie neugierig und wollten natürlich ausprobieren, wie das Lokal mit dem neuen Wirt läuft. Der Wirt wiederum freute sich über den Besuch meiner Eltern, unterhielt sich angeregt mit ihnen und weihte sie auch sofort in seine Faschingspläne mit ein. Als mein Vater so beiläufig, aber nicht minder mit Stolz, mich seine Tochter erwähnte, wurde der Paradiesgartenwirt hellhörig und wollte mich sofort kennenlernen. Damals war ich 19 Jahre alt.

Meine Eltern berichteten zuhause von diesem Gespräch. Ich war sofort Feuer und Flamme. Beim nächsten Besuch des Paradiesgartens war ich mit dabei und wurde dem ehemaligen Faschingsprinzen von Schwabing persönlich vorgestellt. Er war von mir anscheinend angetan, denn er fragte mich im Verlauf unserer Unterhaltung, ob ich jemanden kennen würde, der für die Person des König Ludwig II. in Frage käme. Einen solchen kannte ich wohl.

Zu der Zeit war ich regemäßig in der Tanzschule Richter, wo ich Herbert, einen respektablen und ansehnlichen jungen Mann, der dem verehrten König Ludwig II. verdammt ähnlichsah und der später mein Mann werden sollte, kennengelernt hatte. Und den schlug ich spontan für die Faschingsprinzenrolle vor.

Als ich ihn das erste Mal in den Paradiesgarten mitbrachte, war die Begeisterung groß, denn erstens war mein Herbert mit seinen 1,91 Metern genau so groß wie einst König Ludwig II. und er hatte weiterhin auch eine sehr ähnliche Frisur. Nur waren seine Haare nicht schwarz und er trug noch keinen Bart. Den hat er sich für die Rolle eigens wachsen lassen.

Mein Herbert war die prächtigste Reinkarnation König Ludwig II. Alles an ihm war original, nichts musste zusätzlich angeklebt werden.

Als er zum ersten Mal in seinem königlichen Kostüm und dem Umhang mit roter Schleppe erschien, war er wirklich dem echten König zum Verwechseln ähnlich. Nicht nur ich schmolz dahin bei seinem stattlichen Anblick. Wenn wir in große Festsäle, den Löwenbräukeller oder Salvatorkeller, einzogen, standen die Leute im Saal spontan auf und klatschten. So eindrucksvoll wirkte mein Herbert als König Ludwig II. auf die Leute.

Mir wurde ein wunderschönes, zart besticktes Kleid in Gelb nach Sissi-Art auf den Leib geschneidert. Darunter trug ich eine kurze Fransenhose. Damit konnte ich auch einen flotten modernen Tanz hinlegen. Wir hatten eine eigene Choreografin, die mit uns vier Tänze einstudierte, auch ein Menuett mit unserem Hofstaat, drei jungen Männern und vier jungen Frauen.

Wir kannten uns alle von der Tanzschule her und waren längst miteinander befreundet. Meine Freundin Katrin durfte meine Hofdame mimen.

An weiteren Tänzen gab es den Kaiserwalzer, einen modernen Tanz und noch eine Mischung aus Rock 'n' Roll und Boogie. Das Menuett und der Kaiserwalzer wurden selbstverständlich im kompletten Outfit getanzt. An der Ausstattung mussten wir uns nicht finanziell beteiligen. Hätten wir uns auch gar nicht leisten können.

Die Inthronisation

Im November 1976 wurden wir, mein königlicher Herbert und ich die Sissi, der Öffentlichkeit als Prinzenpaar vorgestellt. Unsere Kostüme präsentierte man in einer Boutique in der Oettingenstraße, die einer Freundin meiner Mutter gehörte. Herbert trug bei der Vorstellung einen Trachtenanzug und ich ein langes zweiteiliges, grünes Trachtenkleid aus Samt. Eine Blasmusik spielte auf und eine Tanzgruppe sowie das Giesinger Faschingsprinzenpaar sorgten ordentlich für Stimmung. Das Ganze fand im Freien statt. Die Polizei sperrte sogar einen Teil der Straße ab.

Abends wurde dann im Paradiesgarten der Faschingsauftakt so richtig gefeiert. Der berühmte österreichische Geiger Nipso Brantner spielte mit seiner Band und heizte uns allen mächtig ein, dass sogar die Lampen, die von der Decke herabhingen, hin und her schaukelten. Es war ein fetziger Abend mit viel Musik und Tanz.

Franzi Kinateder war, wie überall wo sie auftrat, mit ihren Liedern das i-Tüpfelchen auch an diesem Festabend. Sie war als Jodlerkönigin berühmt und stand als Münchner Original viele Jahre auf der Bühne im Platzl. Sie bereicherte unseren Abend mit ihren Jodlern und Kuhglockenklängen.

Im Januar 1977 fand unsere offizielle Inthronisation statt. Dazu hatte ich auch meinen damaligen Chef, den Karikaturisten bei der Süddeutschen Zeitung, Ernst Maria Lang, eingeladen. Der ließ es sich nicht nehmen, mit seiner Frau prompt der Einladung zu folgen. Er wurde von der „111er Ritterzunft" zum Ritter geschlagen und ich durfte ihm den Ritterorden umhängen. Natürlich waren an diesem Abend auch meine

Eltern, ein Teil unserer Verwandtschaft und viele Freunde mit dabei.

Bei der Inthronisationsfeier stand meine Mutti neben mir mit dem Krönchen, das ich dann aufgesetzt bekam oder das, besser gesagt, mit Haarnadeln irgendwie an meinem Kopf festgemacht wurde. Auch Vati wurde zum Ritter geschlagen. Allen hat die Feier riesigen Spaß gemacht. Freilich war das auch nichts Alltägliches, sondern schon mal was Besonderes.

Es hat sich sogar bei unserer Vorstellungsfeier und zur Inthronisation auch Bernd Lindenthaler, ein beliebter Journalist der Abendzeitung, in das Lehel verirrt. So waren wir auch in der Münchner AZ mediengerecht vertreten.

An diesem Abend war aber auch eine Person dabei, die man zweifelsohne zu den Originalen des Lehels in den 1960er und 1970er Jahren zählen durfte. Und dies war der Joe. Er betrieb direkt neben dem Paradiesgarten einen Blumenladen. Für alle, die ihn kannten, war er der „schwule Joe". Und das war kein Schimpf- oder Spottname, obwohl schwul zu sein zu dieser Zeit noch recht anrüchig war und die Toleranz sich diesbezüglich eher in Grenzen hielt. Für uns im Lehel zählte das aber nicht. Meine Eltern und ich mochten Joe, denn er war ein sehr liebenswerter Mensch, den alle die ihn kannten, ins Herz geschlossen hatten.

Wenn ich in seinen Laden kam, um Blumen zu kaufen, ratschten wir eine ganze Weile über alles Mögliche. Einmal zeigte er mir Fotos, auf denen er als Frau verkleidet zu sehen war, und zwar bei der Münchner Faschingsveranstaltung „Die Herren Damen lassen bitten". Er sah aus wie die Sängerin Margot Werner leibhaftig. Die Ähnlichkeit war verblüffend.

Einmal sind meine Eltern mit Joe in ein Szene-Lokal gegangen. Joe hatte vorher bei meinen Eltern vorsichtig angefragt, ob sie denn auch mitkommen würden. Wie Vati berichtete, waren alle dort Anwesenden ausgesprochen höflich; vor allem zu meiner Mutti, die an jenem Abend die einzige echte Frau in diesem Etablissement war. Allerdings kam sich meine Mutter doch etwas deplatziert vor, als es dazu kam, wie es kommen musste.

Mutti musste mal, und zwar auf die Toilette. Sie suchte vergeblich nach einer solchen für echte Damen. War ja auch klar! Aber Joe wusste Rat. Er begleitete Mutti zusammen mit meinem Vater zur Herrentoilette, prüfte, ob selbige frei war. Als diese Prüfung positiv ausfiel, warteten sie wie zwei Leibwächter vor der Tür, bis Mutti erleichtert wieder herauskam. Jedenfalls fanden meine Eltern diese Exkursion höchst interessant und dankten Joe für seine Einladung. Der schwule Joe hat sich sehr gefreut, dass sie mitgekommen waren. Es blieb aber eine einmalige Aktion. Man hat sich ohnehin ab und zu in der Stammkneipe gesehen.

Bei unserer Vorstellung als Prinzenpaar schenkte mir der schwule Joe den schönsten Blumenstrauß, den ich bislang je in meinem Leben bekommen hatte. Es waren 50 rote Baccara-Rosen, eine jede fast einen Meter lang. Die Rosen waren nicht nur traumhaft schön, sie hielten auch länger als 3 Wochen. Somit avancierte sich der gute schwule Joe zu meinem Rosenkavalier. In meinem Herzen hat er sich damit ein Denkmal gesetzt.

Prinzessin Gisela 1977

Faschingsauftritte

Zu Beginn der Faschingssaison traten Herbert und ich zusammen mit dem Prinzenpaar von Giesing samt deren Hofstaat auf. Wir verstanden uns mittlerweile prächtig und hatten auch viel Spaß zusammen. Allerdings entbrannten zwischen unseren Funktionären Streitigkeiten und so mussten wir schon bald getrennt auftreten.

Die Auftritte fielen sehr unterschiedlich aus. Mal recht eindrucksvoll bei den großen Bällen, mal eher bescheiden in kleinen Kneipen. Aber die Leute haben sich immer gefreut, wenn wir zu ihnen kamen.

Einmal mussten wir uns in der Küche zwischen Kartoffelsalat, Bratkartoffeln und gebratenen Würstchen umziehen. Allein schon von dem Fettgeruch und der schlechten Luft in der verrauchten Kneipe ist mir ganz übel geworden. Abgesehen davon, dass mein Mieder so eng saß und mich so sehr drückte, dass mir buchstäblich die Luft wegblieb. Mit diesem flauen Gefühl im Magen musste ich dann auch noch auftreten. Die ganze Zeit befürchtete ich, mich übergeben zu müssen. Es bedurfte meiner ganzen Selbstbeherrschung, es nicht dazu kommen zu lassen. Draußen an der frischen Luft ging es mir bald wieder besser.

Interessant war der Auftritt in der Nobel-Disco von Tommy Hörbiger. Die Gäste waren alle als Vampire verkleidet. Bevor wir auftraten, wurde die Disco komplett ins Dunkel getaucht. Der Raum wurde nur von einem Scheinwerfer spärlich erhellt und der war auf uns, das Prinzenpaar gerichtet. Wir befanden uns also mittendrin beim „Tanz der Vampire". Gebissen wurden wir nicht.

Es gab aber dennoch einen etwas pikanten Vorfall in dieser Disco. Bevor wir uns den Vampiren zeigten, musste ich mich noch umziehen. Ich zog mich zu diesem Zweck in einen Raum zurück, in dem wir unsere ganzen Sachen geparkt hatten. In diesem Raum war auch ein Waschbecken. Während ich also knienderweise in meinen Sachen kramte, weil ich mal wieder etwas suchte, kam ein Typ hereingeschneit, den ich zum Personal zählte. Jedenfalls nahm ich das an, weil er so selbstsicher den Raum betrat, ohne vorher anzuklopfen. Er steuerte direkt auf das Waschbecken zu und begann an selbigem über meinen Kopf hinweg zu hantieren. Er schien mich in keiner Weise zu beachten und auch ich war so beschäftigt mit dem Rumkruschen, dass ich nicht zu ihm hochschaute und somit auch nicht mitbekam, was sich da über meinem Kopf abspielte.

Als mein Herbert überraschenderweise unseren provisorischen Umkleideraum betrat, musste er zu seinem Entsetzen feststellen, dass der Typ gerade dabei war, seelenruhig über meinen Kopf hinweg in das Waschbecken zu pinkeln. Herberts Erscheinen veranlasste den Vampir den Raum fluchtartig zu verlassen. Ich selbst war froh, nichts davon mitbekommen zu haben.

Es folgte eine Einladung beim Spöckmeier zum traditionellen Weißwurstessen. Natürlich im vollen Ornat. Auch auf dem Viktualienmarkt waren wir präsent zusammen mit dem Narrhalla-Prinzenpaar.

Wir traten im Bürgerbräukeller auf, der im Jahre 1979 zugunsten von Neubauten abgerissen wurde. Es wäre beinahe ein runder und gelungener Abend geworden, wäre mir dort nicht mein nagelneuer, ins Auge fallender schöner und warmer Wintermantel geklaut worden. Ich hatte ihn erst kurz vorher zu Weihnachten von meinen Eltern geschenkt bekommen.

Dummerweise habe ich ihn nicht an der Garderobe abgegeben, sondern da aufgehängt, wo wir uns umzogen. Ich hätte mich echt selbst in den Hintern beißen können ob meines Leichtsinns. Mein Vertrauen in das Gute im Menschen bekam einen ordentlichen Knacks. Ich musste mir einen Ersatzwintermantel kaufen, den ich dringend brauchte, obwohl meine Mittel eher knapp waren.

Der Auftritt im Löwenbräukeller war ein voller Erfolg. Wir waren noch mit den Giesingern zusammen. Mit deren Garde im Gefolge gaben wir ein ansehnliches Bild ab. Herbert und ich tanzten den Kaiserwalzer.

Ich trug zu der Zeit noch dieses lächerliche goldfarbene Krönchen auf dem Kopf wie die Prinzessin beim Froschkönig. Das blöde Ding war wieder einmal nicht so richtig in meinen Haaren befestigt. Es wackelte bei jeder Bewegung und bei jeder Drehung. Auch Herbert kam damit immer in Berührung. Da verlor ich die Geduld. Noch während des Tanzes riss ich das Krönchen von meinem Kopf und warf es mit Schwung in die Zuschauermenge, wo es wie ein Brautstrauß begeistert aufgefangen wurde. Wir bekamen einen extra Applaus, weil das dem Publikum so gefallen hatte.

Ich bekam an diesem Abend vom kanadischen Botschafter, der bei unserem Faschingsauftritt in dieser Funktion mit dabei war, persönlich ein hübsches Diadem geschenkt. Leider waren die funkelnden Steine keine echten Diamanten! Dieses Geschmeide konnte ich aber wenigstens gut auf meinem Kopf befestigen. Es verrutschte keinen Zentimeter und kam auch nicht mit Herbert in Konfrontation. Außerdem sah es sehr viel hübscher aus als die Froschkönigversion und hat mir auch wesentlich besser gefallen als jene.

Zu meinem Outfit gehörten auch noch lange, weiße Handschuhe. Mit ihnen sah ich als Sissi beinahe perfekt aus. Es fehlte nur noch die entsprechende Perücke. Leider gab es keine passende und sie wäre für die Tänze, die wir vorführen mussten, eher hinderlich gewesen. Also mussten meine echten Haare genügen. Immerhin hatte ich die gleiche Haarfarbe wie einst Sissi, nämlich kastanienbraun.

Als das Faschingspaar der speziellen Art fielen wir in der Reihe der anderen Faschingspaare besonders auf. Wir gefielen dem Publikum und wurden auch das eine oder andere Mal schon auch angeschwärmt. Herbert vornehmlich von den Damen. Einige Vertreter der Herrenwelt wollten mich unbedingt näher kennenlernen. Aber Herbert passte sehr auf mich auf, dass mir ja keiner zu nahekam. Zu der Zeit waren wir ja schon zusammen und galten als Paar.

Einmal hat es einer doch probiert und wollte mir ein wenig mehr als nur einen Handkuss verabreichen. Da kam er Herbert aber gerade recht. Er packte den armen Kerl beim Kragen und schubste ihn ziemlich unsanft weg. Ich selbst passte vorsichtshalber fortan auf, dass so etwas nicht nochmal vorkam.

Unsere Auftritte waren aber nicht nur auf München oder das Lehel beschränkt, wir fuhren als Prinzenpaar sogar an den Tegernsee nach Rottach-Egern. Dort waren wir zu einem Ball im Nightclub des berühmten Nobelhotels Bachmaier eingeladen. Das war eine aufregende Angelegenheit; denn Bill Haley, der berühmte amerikanische Sänger und Musiker, war mit von der Partie.

Ein besonderes Highlight war der Ball im Deutschen Theater. Dort trafen sich sämtliche Prinzenpaare aus München und Umgebung. Es erschienen mindestens 25 bis 30 Paare. Der damalige Oberbürgermeister Georg Kronawitter war an diesem besonderen Abend ebenfalls präsent und ich hatte die Ehre, ihm einen Orden umhängen zu dürfen. Mit einem Bussi sogar. Herbert trugs mit Fassung.

Georg Kronawitter stellte Herbert und mich als Prinzenpaar sogar noch extra vor. Er betonte dabei, dass wir nicht das übliche Prinzenpaar darstellen würden, sondern ein königliches. Die Person König Ludwig II. beeindruckte anscheinend doch noch immer viele Menschen, nicht nur allein die vielen Königstreuen in Bayern.

Wir konnten nach dem offiziellen Teil des Abends noch bleiben, was bei den anderen Bällen nicht immer möglich war, weil wir schon wieder woanders erwartet wurden.

Ich schlüpfte in mein Abendkleid und Herbert in seinen Anzug und wir tanzten zu den Klängen von Hugo Strasser und seinem Orchester. Diese großen Bälle waren immer bis auf den letzten Platz ausverkauft. Die Ballsäle waren je nach Thema festlich oder faschingsmäßig geschmückt.

Während der ganzen Faschingssaison war ich für meine Freunde und Bekannten nur noch die Sissi. Und ehrlich gesagt, gefiel mir das ganz gut. Ich hätte mich fast daran gewöhnen können.

Bis zum Ende der Faschingszeit, die damals ziemlich lange dauerte, hatte ich so stark abgenommen, dass ich Rock und Mieder kaum mehr enger schnüren konnte.

So viel Spaß das Ganze auch gemacht hat, war ich dann doch froh, dass Schluss war. Schließlich musste sowohl Herbert als auch ich wochentags in die Arbeit gehen, und auf Dauer war das ganz schön anstrengend. Nur die letzten Faschingstage haben wir uns freigenommen, denn da waren wir beinahe pausenlos im Einsatz.

Wir konnten am Schluss der Faschingssaison auch eine beachtliche Sammlung von Faschingsorden nachweisen, die wir von diversen Faschingsvereinen umgehängt bekommen hatten. Da waren einige durchaus dekorative Exemplare darunter. Besonders gut gefiel mir der Orden, den Herbert von den „Damischen Rittern" erhalten hatte. Mich hat das etwas martialische Outfit der Ritter fasziniert, als wir mit ihnen zusammen. im Löwenbräukeller auf der Bühne standen.

Die ganze Zeit über hat uns unser junger „Hoffotograf" Hilmar Jöhnke, der dieses Handwerk beruflich ausübte, begleitet und fleißig Bilder geschossen. Mit allen möglichen Leuten, prominenten und weniger prominenten, wurden wir fotografiert und wurden auch zu Fotosessions eingeladen. Hilmar begleitete uns als Fotograf später bei unserer Hochzeit und bei den Modeschauen, wo ich für die Boutique der Freundin meiner Mutter Mode vorführte.

Wir waren schon ein wenig stolz darauf, dass wir das einzige Prinzenpaar waren, das je als König Ludwig II. und Sissi den Stadtteil Lehel repräsentieren durfte. Das gab es vor uns nicht und auch nachher nicht mehr.

Der Paradiesgarten, unsere zweite Heimat, wurde ein Jahr nach dem Fasching 1977 und dem Wechsel der Wirtsleute zum „Kanzleirat". So hieß er viele Jahre lang. Heute läuft das Lokal unter dem Namen „Leib und Seele" und wir sind noch immer dort gern zu Gast.

Auch wenn mich das biedere bürgerliche Leben nach diesem Fasching 1977 wieder eingeholt hat, denke ich noch heute an die Zeit als Prinzessin Sissi gern zurück. Ich hatte es genossen, einmal eine Prinzessin sein zu dürfen und so hofiert zu werden.

Herbert, mein geliebter König Ludwig, machte mir nicht allzu lange danach einen Heiratsantrag, den ich mit Freuden annahm. In der Realität führte er mich zwar nicht in ein Schloss, dafür aber in sein Appartement in der Pfälzer-Wald-Straße, das er mit seiner tiefen und ehrlichen Liebe zu mir für mich in ein wunderschönes Märchenschloss verwandelt hatte.

Ludwig II. und Sissi 1977

Unsere Hochzeit

Der Termin unserer Hochzeit fiel auf den 1. Juli 1977. Es war exakt der Tag, als das neue Scheidungsrecht eingeführt wurde. Manchmal wurden wir scherzhaft darauf angesprochen. Aber wer denkt schon an Scheidung, wenn die große Liebe die Hochzeitsglocken läuten lässt! Der Termin war reiner Zufall ohne Hintergedanken.

Standesamtlich haben wir in der Mandlstraße geheiratet, dem schönsten Standesamt Münchens.

Damals musste man noch ein Aufgebot bestellen, welches dann drei Wochen bis zur Hochzeit ausgehängt wurde. Man brauchte dazu jede Menge Papiere und den Nachweis, dass man auch wirklich deutscher Abstammung ist. Da half auch mein eindeutig bayerischer Dialekt nichts. Man musste die Ahnengalerie bis zu seinen Großeltern zurückgehen. Mein künftiger Ehemann Herbert, der aus Würzburg stammte, hatte da einiges zu tun, bis er endlich die notwendigen Unterlagen beibringen konnte.

Mein älterer Cousin Werner kommentierte diese Aktion scherzhaft: „Hast dir denn gar koan Hiesigen g'funden?" Er war der Meinung, es hätte doch auch ein echter Münchner sein können. Aber wo halt die Liebe hinfällt, da muss man auch mit einem Franken vorliebnehmen. Ich hatte wohl schon immer eine Schwäche für die Franken. Schließlich hatte ich das Frankenland in meiner Kindheit und Jugend immer wieder besucht.

Herbert war in München gelandet, weil es ihn nach der Bundeswehr, wo er vier Jahre lang gedient hatte, aus beruflichen Gründen hierhergezogen hatte. In Würzburg, seiner

Heimatstadt, gab es bei der Zeitung, wo er damals in den 1960er Jahren als Chemiegraph ausgebildet worden war, so gut wie keine Möglichkeiten beruflich unterzukommen.

Wir beide sind uns 1976 in der Tanzschule Richter am Stachus, der ältesten Tanzschule Münchens, zum ersten Mal begegnet. Es war mehr oder weniger ein Zufall, dass Herbert dort gelandet ist.

Er fuhr eines Tages mit der Straßenbahn an unserer Tanzschule vorbei und sah von seinem Sitzplatz hoch in den zweiten Stock des Gebäudes, wo sich die Tanzschule noch heute befindet. Seinem männlichen Auge entgingen nicht die hübschen jungen Mädchen, die an den Fenstern vorbeitanzten. Es blieb bis heute ungeklärt, ob die holde Weiblichkeit am Fenster oder die pure Lust am Tanzen oder vielleicht beides ihn dazu animierten, in der Tanzschule einmal ganz unverbindlich vorbeizuschauen.

Was sich dann entwickelte, könnte Vorlage für den Film mit Richard Gere gewesen sein, der da heißt: „Darf ich bitten". Immer wenn Herbert und ich diesen zauberhaften Film sehen, wird in uns die Erinnerung wach, wie alles bei uns begann. Denn auch Richard Gere sieht vom Zugfenster aus die Tanzschule und entschließt sich dort einzutreten. Tja, und so fing auch bei uns alles an!

Doch zurück zu den Formalitäten. Die Beschaffung der angeforderten Unterlagen gestaltete sich als schwierig, denn es fehlte auch bei unserem zweiten Besuch des Standesamts, um die Heirat zu beantragen, von Seiten Herberts noch immer ein bestimmter Nachweis. Mein Herbert war darüber gar nicht amüsiert, was sich in einem gehörigen Wutausbruch seinerseits bemerkbar machte. Er ließ mich zusammen mit dem etwas konsternierten Standesbeamten sitzen. Ich stammelte gerade noch eine Entschuldigung, da ich mich für Herberts Auftreten schämte, verabschiedete mich und verließ dann ebenfalls ziemlich wütend das Standesamt. Herbert war schon ein ganzes Stück weit vorausgegangen, wartete aber dennoch auf mich. Wütend ob seines Benehmens rief ich ihm nach, dass er sich gefälligst selber heiraten könne! Das war nicht ganz so ernst gemeint von mir. Als schließlich irgendwann dann doch alle Formalitäten überstanden waren, konnte das Projekt Hochzeit starten.

Die standesamtliche Trauung nahm ein älterer Beamter vor, der mit salbungsvollen Worten bemüht war, die Trauung möglichst feierlich zu gestalten. In meinen Augen ist es ihm gelungen, den Ablauf nicht allzu amtlich erscheinen zu lassen. Seine herabhängenden Hamsterbacken aber, die bei jeder Drehung des Kopfes wie Hertie-Einkaufstaschen schlapperten, lösten in mir, dem jungen Ding von gerade mal 20 Jahren einen intensiven Lachkrampf aus, den ich kaum zu unterdrücken vermochte.

Meine ein Jahr ältere Schwägerin Birgit kicherte hinter mir genauso verhalten, und das wäre beinahe mein Untergang geworden, hätte ich nicht krampfhaft meinen Brautstrauß vor mein Gesicht gehalten, um meine aufgeblähten Backen der Heiterkeit zu verbergen, so gut es irgendwie ging. Zum Glück ging der Anfall noch vor dem Ja-Wort vorbei und ich konnte wieder ganz gefasst und mit ernstem Blick der Zeremonie folgen, die ja schließlich mein Leben komplett verändern sollte.

Leider gibt es von unserer standesamtlichen Trauung kein einziges Foto, weil der Fotoapparat von Alfred, der ja eifrig fotografiert hatte, hakte und bedauerlicherweise den Film nicht weitertransportierte. Das hat der Alfred aber erst viel zu spät bemerkt, nämlich erst, als er den Film entwickeln lassen hatte und darauf nur schwarze Bilder zu sehen bekam.

Und so habe ich leider auch kein einziges Bild von meinem Kleid, das ich zur Trauung getragen hatte. Ich war so stolz auf mein sommerliches zweiteiliges Kostüm, war es doch ein Modell des Modeschöpfers Valentino höchstpersönlich. Herbert hatte es mir gekauft, nachdem ich es als Mannequin im Hilton Hotel vorgeführt hatte, weil ich ihm darin so gut gefiel.

Einen Tag nach der standesamtlichen Trauung haben wir uns in der Klosterkirche St. Anna im Lehel vor dem Altar das Jawort gegeben. Vorher aber mussten wir noch ein Gespräch mit dem Priester führen, der uns trauen sollte. Er war noch ein recht junger Mann Gottes und vermutlich deswegen sehr aufgeschlossen. Sein Test auf Ehetauglichkeit bestand darin, dass er uns fragte, ob wir auch Kinder haben wollen und, sofern uns welche durch Gottes Gnade beschert würden, wir diese auch im christlichen Glauben erziehen wollten. Diesen Test bestanden wir mit Bravour.

Der 2. Juli 1977, der Tag unserer kirchlichen Trauung, war ein wunderschöner, sonniger Sommertag. Familie, Verwandtschaft, Freunde und gute Bekannte waren alle dabei.

Es war eine feierliche Trauung n der Kirche St. Anna, die aber auch wieder von einem kurzen Lachanfall meinerseits unterbrochen wurde, als der Priester sich bei seiner Rede an uns verhaspelte. Ich versteckte mich wieder hinter meinem Brautstrauß. Aber auch Herbert und der Priester selbst mussten lachen.

Der goldene Ring, den ich Herbert über den Finger streifen sollte, war etwas eng ausgefallen, so dass ich ihn wie einen Schraubverschluss auf seinen Ringfinger drehen musste. Ich interpretierte diesen Vorfall positiv als Zeichen einer ewigen

Verbindung. Jetzt sollte er mir nicht mehr auskommen, mein Herbert!

Es fand sich auch der Journalist der Abendzeitung wieder ein, der bereits während unserer Faschingszeit Fotos von uns gemacht hatte. Weil auch mein Chef, Ernst Maria Lang, bei unserer Hochzeit zu Gast war, schoss er von uns für die Abendzeitung ein paar Fotos und berichtete über unsere Hochzeit nach dem Motto: „König Ludwig heiratet seine Sissi".

Nach der kirchlichen Zeremonie fuhren wir alle zu unserem Stammlokal, der Hammerschmiede, wo die Hochzeitsfeier mit allem, was dazugehörte, begangen wurde.

Selbstverständlich gehörte dazu auch der alte Brauch der Brautentführung. Der junge Ehemann, in diesem Fall mein Herbert, wurde ins Klo abgeschoben und einige von den Hochzeitsgästen zerrten mich mitsamt dem Brautstrauß, der wegen des Auslösens meinerseits noch von Bedeutung sein sollte, aus der Wirtschaft. Die acht Entführer verteilten sich auf zwei Autos und fuhren mit mir zur „Deutschen Eiche" ins Gärtnerplatzviertel. Es dauerte eine ganze Weile, bis Herbert mich fand. Sein Bruder Alfred war mit ihm unterwegs. Der war natürlich eingeweiht, wohin es gehen sollte, ließ ihn aber vorerst einige Lokale in der Münchner Innenstadt aufsuchen. Die Leute amüsierten sich köstlich, als sie merkten, dass da ein Bräutigam seine Braut suchte.

Ich dachte schon, mein Herbert würde mich gar nicht mehr finden. Meine Entführer hatten bereits einiges an Alkohol intus und waren recht lustig beieinander, als Herbert, glücklich mich zu finden, die Deutsche Eiche betrat. Wir blieben dort noch eine Weile und mein Mann musste die ganze Gesellschaft und mich auslösen, indem er die Zeche beglich.

Am Abend waren nach einem zünftigen Buffet Musik und Tanz angesagt. Natürlich ließ es sich mein Vater nicht nehmen, selbst mit seiner Diatonischen aufzuspielen. Später gesellte sich sogar noch unser junger Herr Pfarrer, der uns getraut hatte, zu uns und sang uns einige lustige Gstanzl vor.

Hilmar Jöhnke, der uns auch in unserer Faschingszeit als Hoffotograf begleitet hatte, übernahm das Belichten unserer Hochzeitsfotos. Im Gegensatz zu Alfred mit Erfolg!

Bis morgens um 4:00 Uhr wurde gelacht, gegessen, getanzt und gesungen. Alles in allem war es eine recht gelungene Hochzeit!

Gisela und Herbert Hochzeit 1977

Die kleine Hochzeitsreise

Als Schulsekretärin konnte ich nur in den großen Ferien Urlaub nehmen. Deshalb starteten wir unsere vierzehntägige Hochzeitsreise erst eine Weile nach unserer Hochzeit. Wir flogen nicht etwa auf die Bahamas oder sonst in eine weiter entfernte Region, wie es damals bereits Mode war. Das hätten wir uns auch gar nicht leisten können. Wir liehen uns das neue Auto meines Vaters und fuhren damit in den Bayerischen Wald. Ein kleiner Ort nahe Spiegelau war unser Ziel. Es war mutig und großzügig zugleich von meinem Papa, uns sein gerade erst gekauftes, nagelneues Auto anzuvertrauen.

Wie es bei einer Hochzeitsreise eher unüblich ist, war ein Teil meiner Verwandtschaft in der ersten Woche mit dabei.

Wir waren alle in einer schnuckeligen kleinen Pension untergebracht. Die Besitzer, ein sehr nettes Ehepaar, waren mit Onkel Walter und Tante Anni schon lange bekannt, weil sie dort bereits einige Male Urlaub gemacht hatten. Irgendwie sah der Mann meinem Onkel sowohl von der Statur als auch vom Äußeren her ziemlich ähnlich. Sie waren zwar nicht verwandt miteinander, kamen beide aber aus dem Bayerischen Wald.

In der Pension waren Bad und Toilette noch auf dem Gang. In den Zimmern gab es allerdings immerhin ein Waschbecken. Alles war einfach, sauber, nett und ordentlich. Die Vollpension kostete 20 Mark pro Tag im Doppelzimmer. Das konnten sogar wir uns leisten.

Außer Tante Anni und Onkel Walter mit ihren beiden Söhnen Jürgen und Walter, damals noch Kinder, waren Tante Friedl und Onkel Wiggerl mit dabei. Wir hatten sehr viel Spaß zusammen und erlebten eine lustige Zeit.

Wir machten mehrmals Ausflüge in die schöne Umgebung und besuchten den bayerischen Nationalpark genauso wie die alte Wohnstätte in Bettmannsäge, wo einst Onkel Walter und Tante Friedl samt der anderen Geschwister aufgewachsen sind. Das Haus war schon seit einiger Zeit unbewohnt und es schien langsam zu verfallen. Von reichlich Wildwuchs umgeben wartete es darauf, eines Tages abgerissen zu werden.

Wir machten alle zusammen auch eine Fahrt nach Spiegelau. Da war ein kleines Volksfest und einiges los. Ein Schützenverein marschierte strammen Schrittes durch die Straße. Tante Friedl und ich standen am Straßenrand und beobachteten die feschen Männer. Der Kommandant der Truppe bemerkte uns und ordnete im Kommandoton an: „Die Augeeeen links!" Die Mannschaft gehorchte aufs Wort und mit einem Schlag waren mindestens 50 Augenpaare auf uns gerichtet. Ich wäre am liebsten im Boden versunken, so peinlich war mir das. Ich versuchte mich hinter Tante Friedl zu verstecken. Eine Pleite, da die Friedl viel kleiner als ich war. Meine Leute und auch Herbert verfolgten auf der anderen Straßenseite das Spiel und amüsierten sich köstlich über mein Verhalten. Es schien, als hätte ich dem Kommandanten gefallen. Meine Verwandten aber drehten den Spieß um und scherzten, ich hätte dem feschen Mann im wahrsten Sinne des Wortes den Kopf verdreht.

Als Herbert und ich die zweite Woche auf unserer so besonderen Hochzeitsreise endlich allein, also nur zu zweit waren, war es uns fast schon zu ruhig. Aber als jung verheiratetes und verliebtes Paar wussten wir die Zeit auch ohne Anhang gut zu nutzen.

Mein Schwiegervater

Ich habe Herberts Eltern nie kennengelernt. Sie waren beide schon verstorben, als Herbert und ich zusammenkamen. Schade, dass sie unsere Hochzeit nicht miterleben konnten.

Herberts Mutter, geboren 1911, hieß Anna Regina. Sein Vater Eduard kam 1913 auf die Welt.

Die Mutter starb schon Mitte der 1960er mit nur 53 Jahren. Sie war am Blinddarm operiert worden. Ein Routineeingriff, der tödlich endete. Bedauerlicherweise hatte man einen Wattebausch in ihrem Bauch vergessen. Es entwickelte sich daraus eine Bauchfellentzündung, die schließlich zum Tode führte. Herbert und sein Bruder waren zu dieser Zeit gerade fünfzehn und sechzehn Jahre alt. Der Vater stand nun allein da mit zwei halbwüchsigen Jungs, die ihre Mutter dringend gebraucht hätten.

Herberts älteste Schwester Gerda war bereits 22 Jahre alt und verheiratet. Sie war selbst Mutter von zwei kleinen Kindern. Trotzdem hat sie geholfen, soweit es ihr möglich war. Und mein Schwiegervater hat auch sein Bestes dazu beigetragen.

Herberts Vater erkrankte an Krebs und starb zwei Monate vor unserer Hochzeit. Er war bereits schwer erkrankt, als Herbert und ich zusammenkamen. In einer Rekordzeit waren wir innerhalb weniger Monate verliebt, verlobt und verheiratet. Ich war froh, dass Herberts Vater wenigstens von meiner Existenz wusste. Er hat mich von Bildern her gekannt. Herbert erzählte ihm auch ausführlich unsere Faschingsgeschichten. Sein sehnlichster Wunsch war, dass sein ältester Sohn endlich unter die Haube käme. Seine beiden anderen Kinder waren bereits verheiratet. Er hatte immer die Befürchtung, sein Sohn Herbert würde ein ewiger Junggeselle bleiben.

Ich hätte Eduard, meinen Schwiegervater, so gern persönlich erlebt. Er wollte das nicht. Er fühlte sich dazu viel zu krank. Ich sollte keinen zum Tode Geweihten kennenlernen und in Erinnerung behalten.

In einem alten Ordner mit Dokumenten, den Herberts Schwester nach Jahrzehnten auf dem Dachboden entdeckte, befindet sich ein handgeschriebener Lebenslauf meines Schwiegervaters, den er nach dem Krieg in den 1940er Jahren verfasst hat. Damit bewarb er sich um die Stelle eines Straßenbahnfahrers in Würzburg. Das Papier widerspiegelt das Leben einfacher Bürger aus dieser Zeit.

Wie das vergilbte Dokument beschreibt, arbeitete mein Schwiegervater nach Abschluss der Volks- und Fortbildungsschule in den 1920er Jahren noch einige Jahre auf dem bescheidenen elterlichen Anwesen mit. Das lag in Neuwirtshaus, einem Ortsteil der unterfränkischen Gemeinde Wartmannsroth im Landkreis Bad Kissingen. Anschließend war er drei Jahre in einem Speditionsgeschäft als Arbeiter tätig.

Im Januar 1937 besuchte er die Motorsportschule in Bayreuth und erwarb dort den Führerschein der Klasse drei. Im Herbst 1937 rückte er als Freiwilliger für ein Jahr zum Militärdienst ein. Aufgrund der angespannten politischen und kriegsbedrohlichen Lage wurde mein Schwiegervater erst gar nicht mehr vor dem Kriegsausbruch 1939 entlassen. Er musste an den Feldzügen in Frankreich und Russland teilnehmen. Nach einer schweren Erkrankung, deretwegen er sich 14 Wochen lang in einem Lazarett aufhalten musste, kam er zu einer Ersatztruppeneinheit. Ende 1942 wurde mein Schwiegervater an die Front nach Afrika geschickt. Am 26.04.1943 geriet er in amerikanische Gefangenschaft. Als Kriegsgefangener wurde er nach Amerika verfrachtet.

Nach drei Jahren schickte man ihn für weitere 15 Monate zum Arbeiten in der Landwirtschaft nach England. Der Bauer, dem er zugeteilt war, mochte ihn. Er wollte ihn sogar nach seiner Entlassung auf dem Hof behalten. Zu gern hätte er es gesehen, wenn er seine Tochter geheiratet hätte. Mein Schwiegervater aber war bereits verheiratet und hatte zu der Zeit sogar schon eine kleine Tochter. Deshalb wählte er den Weg zurück in die Heimat.

Am 26.07.1947 wurde Eduard Welzenbach von der amerikanischen Militärbehörde offiziell und vorschriftsmäßig entlassen.

In seinem Lebenslauf erwähnt er, dass er nie vorbestraft war und dass er weder Parteimitglied war noch sonst einer Organisation angehörte.

Mein Schwiegervater hat nicht viel von seinen Kriegserlebnissen in der Familie erzählt. Er war froh mit dem Leben davon gekommen zu sein.

Mein Lehel

Einst nannte man die alten Lehelbewohner auch die „Lechelpatscher". Der Name erinnert daran, dass die Leute im Lehel durch das Wasser patschen, waten mussten, wenn die Isar, der Triftkanal und die anderen Bäche, die das Lehel durchzogen, über die Ufer traten.

Das Lehel war ein eher armes Vorstadtviertel, was man sich heute so gar nicht mehr vorstellen kann. In den 1960er Jahren war es von einfachen Arbeiterfamilien und zum Mittelstand zählenden Bürgern und Beamten bewohnt. Es war eine bunte Mischung aus allen Bevölkerungsschichten Münchens. Die Mieten waren noch bezahlbar und zum Teil sogar richtig niedrig.

Wenn man in der guten alten Zeit durch die Straßen unseres Lehels spazierte, sah man den einen oder anderen Mieter mit den Armen auf einem Kissen ruhend aus dem Fenster gucken. Eine Art Vorläufer des Fernsehens. Man vertrieb sich die Zeit damit, auf die Leute runterzuschauen, um zu sehen, wer oder was sich da wo so rumtreibt.

Durch Neubauten und dem auch damit verbundenen Zuzug von besserverdienenden bis sehr gut situierten Bürgern wurde das Lehel zu einem immer attraktiveren Wohnviertel. Die Nähe zum Englischen Garten und die gute Verkehrsanbindung zur Stadtmitte taten ein Übriges. Das hatte zur Folge, dass die Mieten immer höher kletterten und heute von normal Verdienern kaum noch zu bezahlen sind. Am Eisbach kostet eine Neubauwohnung schon mal locker eine Million Euro. Nach oben sind keine Grenzen gesetzt. Und so avancierte das

Lehel mit der Zeit vom Lechelpatscher-Niveau zum teuersten Wohnviertel in der Münchner Innenstadt.

In unserer alten Straße, der Lerchenfeldstraße, entstanden entlang der Straßenbahnlinie und am Englischen Garten ebenfalls neue Häuserzeilen. Ein Häuserblock heißt jetzt hochtrabend „Park Avenue". Dabei bleibt es doch nach wie vor die gute alte Lerchenfeldstraße. Diese fast schon unseriöse Betitelung eines Betonbaus „Park Avenue" passt in meiner Vorstellungswelt so gar nicht zur Lerchenfeldstraße. Die Straße ist seit jeher eher schmal und wird durch die Straßenbahngleise noch mehr eingeengt. Alle paar Minuten rattert die Straßenbahn direkt unter der Nase der Anwohner vorbei. Ich muss zugeben, dass die neu erbaute Häuserzeile gar nicht so schlecht ausschaut.

Leider ging es auch unserer beliebten Tennisanlage im Lehel mit ihrem Café-Restaurant an den Kragen. Der Tennisplatz am Tivoli, wo viele Anwohner und auch wir gerne spielten, war neunzig Jahre lang eine Institution im Viertel. Dann wurde er dem Erdboden gleichgemacht. Viele alte Lehelbewohner haben dagegen protestiert, Unterschriftenaktionen gestartet und Gegenvorschläge eingereicht, aber leider ohne Erfolg. Das Tennisareal musste für Schulcontainer Platz machen als Ausweichquartier für das Wilhelm-Gymnasium, welches in sechsjähriger Umbauzeit saniert werden soll. Was danach kommt, weiß keiner.

Ein Neubau folgt dem nächsten und es entstehen hauptsächlich Eigentumswohnungen, die sich ein Normalverdiener nicht leisten kann. Die alteingesessenen bayerischen Wirtschaften sind fast alle samt dem kleinen gemütlichen Biergarten von der Bildfläche verschwunden. Aber gerade diese Lokale machten den besonderen altmünchnerischen Charme des Lehels aus.

Mit einem Gefühl von Traurigkeit erlebe ich, wie sehr sich mein mir so liebes, altes Viertel, mein Lehel, in dem ich meine Kindheit und Jugend verbracht hatte, im Lauf von kaum fünfzig Jahren verändert hat. Baulich und von den Einwohnern her betrachtet. Die alten Bürger sind längst alle nach und nach weggestorben.

Die Zeit bleibt nicht stehen. Eine Weiterentwicklung ist für jede Stadt und für jeden Stadtteil wichtig. Die Verantwortlichen sollten sich aber die Einwände ihrer Bürger anhören und gute Vorschläge für ihr Viertel, das diese ja am besten kennen, berücksichtigen und sich nicht rücksichtslos darüber hinwegsetzen.

Für mich ist die schmerzlichste Veränderung, dass meine Eltern, die jahrzehntelang im Lehel lebten, nicht mehr bei uns sind. Sie waren der Mittelpunkt, der meine Geschwister und mich noch als Erwachsene immer in das Lehel zog.

Meine Heimatstadt

Meine Heimatstadt München ist im Laufe der Zeit eine der teuersten Städte in ganz Deutschland geworden. Spekulanten, große Immobilienfirmen und Vermieter, die den Kropf nicht vollkriegen, machen ungeniert mit ihrer Preistreiberei weiter. Die anständigen Vermieter sind eher in der Minderzahl. Eine bezahlbare Wohnung zu ergattern, ist schon fast schwieriger als einen Sechser im Lotto zu treffen.

Die bunte Mischung von Bürgern unterschiedlicher sozialer Schichten verschwindet nach und nach, weil, wenn sich der Trend fortsetzt und nicht entschieden dagegen gesteuert wird, sich hauptsächlich nur noch die reichen Leute München leisten können. Die Oasen der Normalität und Bodenständigkeit werden zunehmend weniger. Der besondere Charme und die Liebenswürdigkeit Münchens verschwinden langsam, aber beständig.

Einst hatte der Krieg München zum großen Teil in einen Trümmerhaufen verwandelt. Aus den Ruinen entstanden neue Gebäude. Nach Meinung der Verantwortlichen sollte München möglichst modern wieder entstehen. Architekten-Wettbewerbe wurden ausgeschrieben und man kann eigentlich nur den Kopf schütteln, was da oft an Hässlichkeit aus dem Boden gestampft wurde und auch heute noch wird. Manchmal muss ich direkt schmunzeln, wenn ich lese, wie diese Hässlichkeit schöngeschrieben wird.

Aber es gibt immer zwei Seiten einer Medaille. Und auf der anderen Seite hat München viel zu bieten, wie die vielfältige Kunst und Kultur. In der ganzen Stadt verteilt findet man außer den „Schuhschachtel-Häusern" noch wunderschöne Altbauten. In der Altstadt gibt es genug Sehenswürdigkeiten, welche man Touristen vorführen kann. Sieht man am Marienplatz eine Menge Leute stehen mit nach oben gerichteten Handys und Fotoapparaten, dann dreht sich mit Sicherheit gerade das Glockenspiel hoch oben im Rathausturm.

München hat viele grüne Ecken und Plätze zu bieten, wie den idyllischen Hofgarten. Vor allem im Sommer sitzen die Leute auf Bänken oder liegen entspannt im Gras. Sie schauen verträumt in den Himmel, lauschen dem Vogelgezwitscher und dem Gemurmel des Wassers im Springbrunnen.

Der Englische Garten ist riesig groß. Auch in ihm findet der Bürger beschaulich ruhige Stellen, wo man seinen Gedanken nachhängen kann.

Geradezu wildromantisch ist es am Eisbach, geliebt von den Surfern, deren bewundernden Zuschauern und den Spaziergängern.

Auch die Isarauen laden zum Flanieren und mehr ein.

Mich bindet trotz aller Kritik ein starkes Band der Liebe an meine Heimatstadt München. Hier spielt sich mein Leben ab, mit all den Menschen, denen ich mich verbunden fühle und mit denen ich gemeinsame Erinnerungen teile.

Gute wie auch weniger gute Erinnerungen sind ein sehr wichtiger Teil im Leben eines Menschen und prägt ihn so in mancher Hinsicht. Die Vergangenheit jedoch sei vergangen. Die Zukunft kenne ich nicht. Für mich spielt sich das Leben nunmehr in der Gegenwart ab und ich will jeden Augenblick genießen.

So beschließe ich nun meine Erzählungen mit einem Zitat des amerikanischen Schriftstellers Henry David Thoreau (1817 – 1862):

„Ich ging in die Wälder, denn ich wollte
wohlüberlegt leben; intensiv leben wollte ich.
Das Mark des Lebens in mich aufsaugen,
um alles auszurotten, was nicht Leben war.
Damit ich nicht in der Todesstunde inne
würde, dass ich gar nicht gelebt hatte. "

Ende

Danke

Ein großes und herzliches Dankeschön gebührt L. Alexander Metz, Autor von „So war's und ned anders", „Der zerbrochene Engel", „Damals beim Ainmiller" und anderen Büchern. Er stand mir während der Entstehung des Buches mit tatkräftiger Unterstützung, mit viel Geduld und wertvollen Ratschlägen aus seinem reichen Erfahrungsschatz zur Seite.

Bei Hermann Benker möchte ich mich herzlich für den Beitrag seiner persönlichen Erinnerungen an die Olympiade in München 1972, die er aufgeschrieben hat, bedanken.

Ein herzlicher Dank gilt meiner Tochter Diana, meinen Geschwistern Sigrid und Andreas, sowie meiner lebenslangen besten Freundin Katrin, welche mich oft moralisch unterstützt und ermutigt haben.
Und nicht zuletzt meinem Mann Herbert, der mich zu jeder Zeit liebevoll begleitete und mein Fels in der Brandung war.

Von Herzen danke ich allen, die mir geholfen haben, meinen Traum, eines Tages ein Buch zu schreiben, zu erfüllen.

Gisela Welzenbach